HWANG Sok-yong

TOUTES LES CHOSES
DE NOTRE VIE

Roman traduit du coréen
par Choi Mikyung et Jean-Noël Juttet

TRADUIT ET PUBLIÉ AVEC L'AIDE
DE LA FONDATION DAESAN, SÉOUL

Éditions
Philippe Picquier

Ouvrage publié sous la direction de
LIM YEONG-HEE

DU MÊME AUTEUR
AUX ÉDITIONS PHILIPPE PICQUIER

Princesse Bari

Choi Mikyung est professeur à l'Ecole supérieure de traduction
et d'interprétation de l'université féminine Ewha, Séoul

Titre original : *Natikeun Sesang*

© 2011, Hwang Sok-yong

© 2016, Editions Philippe Picquier
   pour la traduction française

   Mas de Vert
   B.P. 20150
   13631 Arles cedex

www.editions-picquier.fr

Conception graphique : Picquier & Protière

Mise en page : M.-C. Raguin, www.adlitteram-corrections.fr

ISBN : 978-2-8097-1166-0

1

Le soleil se couchait à la lisière des champs de l'autre côté du fleuve. A peine détournait-on les yeux un instant que déjà son disque énorme, cercle parfait, s'échouait derrière l'horizon. Venu de la périphérie de la ville, le camion roulait maintenant sur la route à plusieurs voies qui longeait la berge : à l'approche du pont, il dut ralentir, s'arrêter ; il repartit et fut, peu après, pris dans un bouchon.

Debout, s'agrippant à un montant de la benne, l'enfant regardait droit devant lui par-dessus la cabine du conducteur. De son observatoire, il voyait aussi bien la rive que les alentours de la route. Il était monté dans le camion des éboueurs avec sa mère, là-bas, dans la banlieue est de la grande ville. Le poids lourd se remit en marche, avançant lentement, s'arrêtant et repartant, puis il quitta enfin la route par une bretelle longeant une toute petite rivière, pour s'engager sur un chemin non goudronné. L'obscurité avait gagné le ciel tout en épargnant une bande au couchant où s'attardait un peu de la clarté du jour finissant. De l'autre côté de la rivière, plein nord, un petit village s'accrochait aux premières pentes d'une colline ; aux fenêtres filtraient de faibles lumières. De toutes ces maisons, songeait l'enfant, il y en avait une où, désormais, il vivrait avec sa mère.

Avec la nuit, cette berge bordée de hautes touffes de chiendent ployant sous le vent lui donnait l'impression d'aborder une contrée lointaine et étrangère. Bien que tous phares allumés, le camion tout entier disparaissait dans un nuage de poussière. Il s'engagea sur un autre versant que celui où l'enfant avait aperçu les lumières du village ; des sortes de graines voltigeant dans l'air venaient lui frapper le visage dans l'obscurité. Lui et sa mère n'étaient pas les seuls à être montés dans la benne : il y avait également là trois hommes et deux femmes qui avaient pris place sur les bords du tas d'ordures que le camion apportait des quartiers est. Assis sur des feuilles de plastique dont ils s'étaient enroulé les jambes et les fesses, ils s'agrippaient fermement aux ridelles. Jusque-là, personne n'avait été incommodé outre mesure par l'odeur des ordures, mais au fur et à mesure que le camion gravissait la pente, une puanteur infecte et inexplicable les agressait de plus en plus. Elle devint carrément suffocante quand le véhicule fit halte dans un espace ouvert ; c'était un remugle nauséabond, mixture de vidange de fosses septiques, d'égouts, de restes de nourriture avariée, de sauce de soja mijotée ou brûlée, bref, une odeur insoutenable. Ce qui sans cesse venait se coller à leur visage dans l'obscurité, à leurs bras, à leurs vêtements, ce qui venait plaquer des ventouses froides et gluantes à leurs lèvres et leurs paupières, c'étaient des mouches.

Jamais l'enfant ne donnait son prénom. Et encore moins son nom de famille. Ceux qui allaient à l'école s'appelaient les uns les autres par leur nom complet, mais ça, c'était bon pour les petits du primaire. Lui, il avait quatorze ans – dans son quartier, il disait qu'il en avait seize. Un aîné lui ayant, un jour, demandé de lui faire voir ses poils, il lui avait cassé une dent d'un coup de boule. Bien entendu, il avait reçu la monnaie de sa pièce : un nez en sang et plusieurs côtes enfoncées ; pendant tout un mois, il avait ressenti une douleur sourde et comme des aiguilles dans les poumons à chaque inspiration. Mais l'essentiel était qu'il avait sauvé la face. Ses copains de la rue l'appelaient chacun par le nom qui lui plaisait : « Mante », « Echalas » ou encore « Gros-Yeux ». « Mante », c'est son maître en quatrième année qui lui avait donné ce nom – en laissant tomber « religieuse » –, allusion à ses longs membres et à sa vélocité ; « Echalas », il le devait à l'analogie de ses jambes et de son cou avec ceux de la cigogne ou de la grue, même si « Héron » ou « Grue » auraient mieux convenu. Aucun de ces deux noms ne lui plaisait, il ne voulait entendre que « Gros-Yeux ». C'était celui que lui avait donné un policier du quartier où il habitait. Un jour qu'ils s'amusaient à briser les vitres du poste de police, la plupart des gamins s'étaient échappés sauf deux ou trois qui s'étaient constitués prisonniers. Le policier les avait fait agenouiller. « Toi, les gros yeux, là, lui avait-il lancé en lui donnant une dizaine de coups sur la tête avec ses dossiers, comment oses-tu me regarder comme ça ? Amène-moi ton père, p'tit voyou ! » Depuis ce jour, quand ses copains l'interpellaient par d'autres noms, il leur balançait des coups, mais lorsqu'ils l'appelaient « Gros-Yeux », il les ménageait ; et chaque fois qu'il abordait des jeunes de son âge, il se présentait sous ce nom. « Gros-Yeux », c'est un nom qu'il s'était choisi pour se distinguer, un nom qu'il avait gagné, comme les grands gagnent des étoiles à chacun de leur séjour en prison.

La scolarité de Gros-Yeux avait pris fin avec la cinquième année de l'école primaire. Sa mère gagnait sa vie comme vendeuse au marché. Tous deux demeuraient dans une pièce exiguë, dans un quartier pauvre accroché à la pente de la montagne. Cessant de passer son temps à glander avec les copains du coin, il avait fini par trouver un petit boulot dans une boutique de vêtements. Le magasin de vêtements se trouvait, comme il se doit, dans un immeuble correct le long de la grand-rue, alors que l'atelier de confection croupissait dans une ruelle discrète à l'arrière. Le patron faisait travailler cinq ou six ouvrières sur des machines à coudre. Son travail à lui consistait à faire la navette entre l'atelier et le magasin pour livrer des vêtements prêts à porter à l'un ou les matériaux nécessaires à leur confection – coupons de tissu, bobines de fils et boutons – à l'autre. Un jour, à la nuit tombante, il était allé retrouver sa mère là où elle tenait son éventaire ; les autres femmes rangeaient le leur, nulle part il ne l'apercevait.

— Elle est où, ma mère ?

— Elle doit être en train de courir le guilledou, ha ! ha ! se moqua l'une d'elles.

Une autre ajouta :

— On dirait que ton père est revenu.

— Mon père ?

Le gamin courut jusqu'à la rue des gargotes indiquée par la dame. Ce n'est qu'après avoir scruté les restaurants des deux côtés de la venelle empestant les relents de poisson grillé et de soupe de boudin qu'il trouva sa mère, assise en face d'un inconnu. Comme celui-ci lui tournait le dos, il ne pouvait voir son visage. L'homme portait un blouson militaire et une casquette bleue. Gros-Yeux entra, hésitant, et sa mère lui fit signe d'approcher. Il découvrit alors le visage de ce soi-disant « père ». Quand, se tournant, l'homme tendit la main pour la lui passer dans les cheveux, le jeune garçon fit un pas en arrière. L'autre baissa le bras, gêné.

— Qu'est-ce que tu as grandi ! Pourtant, j'ai l'impression de t'avoir vu faire tes premiers pas hier ou avant-hier…

— Dis-lui bonjour. C'est un ami à ton père.

Gros-Yeux fit un vague mouvement de la tête avant d'aller s'asseoir à côté de sa mère. Maintenant, il pouvait scruter l'homme de face. Il avait de grands yeux écarquillés, et, avec son nez proéminent, il faisait assez bonne impression. Seulement, il avait une énorme tache bleue sous l'œil gauche, qui lui couvrait quasiment toute la joue. Où avait-il déjà vu une figure pareille ? Ah, oui ! Ashura, le baron au manteau vert et rouge : il a le visage moitié blanc, moitié bleu, et un gros menton. C'est le bras droit du grand boss, le docteur Hell. Ce malfrat se fait battre chaque fois par l'héroïque robot Mazinger Z, mais il n'en continue pas moins de fomenter des complots. L'envie de lui foncer dans le chou enflammait Gros-Yeux, il le toisait tout en concentrant ses forces dans ses poings.

— Même si c'est qu'une cabane, vous aurez un toit à vous, et pas de loyer à payer. Surtout, vous gagnerez trois fois ce que vous avez ici. Où trouver mieux comme boulot par les temps qui courent ?

L'homme discourait et la mère du gamin hochait la tête, le buste penché en avant, attentive à ce qu'il disait.

— Surtout que je ne sais pas quand son père va sortir… Puisque c'est vous qui me recommandez ce travail, j'ai rien à craindre.

En jetant un regard furtif au gamin qui, les deux poings sur la table, continuait de lui faire des yeux torves, l'homme demanda :

— Quel âge tu as ?

Devant sa mère, Gros-Yeux ne pouvait mentir : il préféra garder le silence, un silence pesant. C'est elle qui finit par répondre à sa place :

— Il a quatorze ans.

L'homme resta bouche bée, jouant exagérément la stupéfaction :

— Ça alors, quatorze ans et déjà si robuste ?

Contre son gré, Gros-Yeux murmura timidement :

— Mes copains, ils ont tous seize ans…

— Bien, bien, on dira que tu as terminé le collège. Bon, vous irez vous enregistrer, votre fils prendra part au tri mais seulement en deuxième ligne, et à vous deux vous gagnerez deux fois plus que les autres.

Rentrée à la maison, la mère était tout excitée, incapable de trouver le sommeil.

— Je me faisais un souci fou depuis que le propriétaire voulait récupérer la pièce qu'on occupe. Si on a un endroit où se loger, et si, en plus, on a du travail, je vais enfin pouvoir respirer !

Le père et la mère de Gros-Yeux avaient grandi ensemble à l'orphelinat. Lui avait quitté le premier l'établissement pour « faire sa vie » en allant de ville en ville. Il avait réussi à se faire embaucher dans « le corps des employés » de la mairie ; bien que ne disposant pas d'un entrepôt à lui, il était devenu responsable d'un petit quartier. C'est alors qu'il était venu chercher celle qui deviendrait plus tard la mère de son fils. Ayant atteint l'âge de la majorité, elle était restée à l'orphelinat en tant qu'assistante, elle aidait à garder les enfants de moins de six ans. Son travail à lui consistait à récupérer des objets réformés. Certains, provenant de vols, étaient parfois d'assez bonne qualité. Il arrivait que les récupérateurs soient eux-mêmes pris pour des voleurs. Surtout quand la fréquence des vols, dans un quartier, augmentait. La police, alors, leur demandait de se présenter au poste, elle exigeait qu'un « chef de gang » accepte de se faire « épingler ». Ceux qui avaient déjà un casier judiciaire endossaient sans trop se faire prier la prétendue responsabilité des vols pour aller en prison. Et comme ils y avaient déjà touché, c'était plus facile, pour eux, d'aller démonter les portails métalliques des villas ou de voler des biens publics, du cuivre ou de l'aluminium. Ils partaient tout bonnement à la recherche d'objets à recycler, mais si, à certains indices, ils s'apercevaient que telle maison était vide, ils entraient par effraction pour la dévaliser.

Le père de Gros-Yeux avait disparu l'année où son fils avait quitté l'école. Il serait plus juste de dire que son fils avait été obligé de quitter l'école peu après la disparition de son père, pour cause de difficultés dans la situation familiale. La mère et l'enfant avaient attendu le père pendant près de deux semaines en se disant qu'il avait dû se faire prendre dans un coup de filet. D'habitude, la police appelait les familles pour leur annoncer qu'un tel était incarcéré dans telle maison d'arrêt, mais cette fois-là, il n'y avait pas eu d'appel. Un jeune homme, employé dans le même service que le père, était venu voir la mère pour la mettre au courant. Son mari s'était fait ramasser, il avait été envoyé en rééducation. La rumeur disait que, depuis qu'un général s'était emparé du pouvoir, on attrapait ceux qui avaient un casier judiciaire, les voyous bien sûr, mais aussi les tatoués, bref tous ceux qui pouvaient inspirer un sentiment de crainte ou d'aversion à la population, quel que soit leur âge ; ils étaient regroupés dans des camps pour être rééduqués, pour faire d'eux des « hommes nouveaux ». Nombreuses étaient les personnes qui, portées disparues, étaient en réalité en rééducation dans des camps créés au sein d'unités de l'armée dans les régions. Chez Gros-Yeux, on ne menait pas la grande vie, mais on n'avait pas à s'inquiéter de savoir si on aurait de quoi manger le lendemain. Mais le père disparu, la mère avait dû se mettre à courir à droite à gauche pour faire bouillir la marmite. Quant à son fils, lorsqu'il était encore à l'école, il n'avait jamais hésité à jouer des poings et des pieds pour filer une raclée à ceux qui, dans le quartier, osaient le traiter de chenapan, de vaurien ou de gueux.

— Pas de temps à perdre, dépêchez-vous de descendre !

Tournant la tête, le conducteur venait de faire glisser la vitre derrière lui. Il pressait ses passagers de débarquer. Ceux-ci s'entraidèrent, faisant passer les bagages des uns et des autres. Une fois à terre, Gros-Yeux et sa mère récupérèrent un paquet de couvertures, un bac contenant leurs petites affaires et un sac en plastique. Le moteur grondait, crachant un nuage irrespirable de gaz d'échappement. Alors, les nouveaux arrivés virent apparaître... des astronautes : chaussés de bottes, ils portaient des casques de chantier avec une lampe frontale, semblables à ceux des mineurs ; ils avaient aussi d'énormes gants de caoutchouc et un large masque devant la bouche. L'un d'eux s'approcha en retirant son masque : ni Gros-Yeux ni sa mère ne le reconnurent.

— C'est moi, allez, venez par là.

L'ayant identifié à sa voix, la mère entraîna son fils en lui prenant la main. Ashura jeta le paquet de couvertures sur une épaule, saisit le sac d'une main et se mit en route. Gros-Yeux et sa mère le suivirent en portant ensemble le bac contenant leurs petites affaires. En bas du versant où montaient les camions en ronflant et en soulevant une nuée de poussière, ils virent vaciller de modestes lueurs.

En s'approchant, ils se rendirent compte que chaque lumière correspondait à une cabane, chacune d'apparence différente. Il y avait des tentes, des baraques montées grossièrement avec des restes de contreplaqué et couvertes d'une bâche en plastique. D'autres étaient faites d'un assemblage d'enseignes de magasins en plexiglas et de cartons. Elles s'égrenaient en enfilade le long du chemin, séparées par de petits intervalles permettant tout juste à une personne de passer. La lumière aux fenêtres attestait de la présence d'occupants. Ici et là, un espace plus large entrecoupait la suite des cabanes. Autour d'un feu où bouillait une soupe, des hommes buvaient du *makkolli* et du *soju*. Ashura leur présenta la mère de Gros-Yeux.

— Elle est comme ma sœur. Elle est enregistrée au bureau de l'administration, traitez-la bien.

— Allons bon, encore des bras en plus !

Ils parlaient entre eux sans prêter la moindre attention au garçon resté derrière eux. C'est l'homme qui soufflait sur le feu au-dessus duquel était suspendue leur soupe, qui avait grommelé en fronçant les sourcils.

Ashura répliqua sur un ton sans appel qu'elle venait travailler ici en toute légitimité :

— Oui, on est en tout quarante-cinq personnes inscrites officiellement dans mon équipe.

— Chef, dans notre section, on a de quoi se faire du souci, le butin est de plus en plus maigre.

— Y a des hauts et des bas… Qui veut bien me donner un coup de main ? Après, je paie une tournée de *soju*. La cabane du plâtrier doit être vide…

— Ça date d'il y a déjà trois jours ! S'il y avait des choses qui pouvaient encore servir, elles doivent être parties depuis le temps !

La mère et son fils suivirent Ashura. Dans la cabane, en effet, il ne restait rien. Le linoléum avait disparu, seuls les cartons de dessous, ceux qui servaient de fondement, étaient encore là, saturés d'humidité. En les soulevant, l'un des deux hommes qui accompagnaient le chef, remarqua :

— Ça alors, ils ont laissé le polystyrène.

— On va récupérer tout ça et le mettre à côté de chez moi, ordonna Ashura.

— Le chef, chuchota l'un des deux hommes en gloussant, en bon veuf qu'il est, il veut pas laisser sa sœur trop loin de lui…

Ashura fit la sourde oreille. Il rassemblait quelques petites choses qui pouvaient être utiles.

— C'est bon. En moins d'une heure on aura mis de nouveaux cartons et du lino.

Gros-Yeux et sa mère suivirent Ashura jusqu'au bout du chemin, là où l'alignement des cabanes prenait fin. L'emplacement avait l'air bien, un peu à l'écart des autres cabanes, assez loin de la route empruntée par les camions. Les trois hommes allèrent chercher du matériel, de quoi monter une cabane. Pendant ce temps, Gros-Yeux et sa mère attendaient, assis sur leurs talons, à côté de chez Ashura, leurs modestes possessions entreposées près d'eux.

— Ben, je croyais qu'on allait s'installer dans un village, grommela le jeune garçon.

La mère répondit dans un soupir :

— Ici aussi, c'est un endroit où vivent des gens.

— Tu dis des gens…, répondit son fils, de mauvaise humeur, moi je vois que des montagnes d'ordures qui puent, et des mouches !

La mère répliqua sur un ton qu'elle aurait voulu enjoué :

— Ils disent que tout ça, ça devient de l'argent !

Le gosse ne voyait pas de quoi était composée cette montagne qui se dressait toute noire dans l'obscurité. Les trois gaillards réapparurent tirant un chariot débordant de matériaux divers, repêchés dans les ordures. Des rondins de différentes longueurs, des cageots du marché au poisson, du polyéthylène, des bâches réformées d'échoppes, des pièces de feutrine noire provenant de serres, des bouts de linoléum de toutes les couleurs… Et sans plus attendre, l'endroit se transforma en un chantier bruissant d'animation. Les habitants des cabanes voisines sortirent les uns après les autres pour donner un coup de main. Ashura dirigeait les travaux.

Ils coupèrent les rondins à la même longueur avant de les dresser pour en faire les montants de la cabane. Pour les murs, ils disposèrent de manière assez grossière des planchettes récupérées à l'aide d'un tire-clou dans des cageots de poissons. Ils doublèrent les planches de feuilles de polyéthylène et de plaques de polystyrène, et clouèrent des cartons par-dessus. Sur le sol, ils étalèrent du plastique, du polystyrène et des cartons, puis déroulèrent du linoléum. Le toit fut fait de planchettes fixées sur des tasseaux de bois, recouvertes là aussi de polystyrène, de cartons, de feutrine et, pour finir, de linoléum sur lequel ils étendirent une bâche d'échoppe. Ainsi s'acheva la construction d'une cabane de douze mètres carrés. Elevée tout près de celle d'Ashura – on aurait même dit qu'à elles deux, elles formaient un seul et même logis –, elle semblait assez grande vue de face. Ashura fit naître la lumière à l'intérieur en allumant une bougie collée sur un galet plat. Quand la mère de Gros-Yeux se mit à frotter le sol à l'aide d'un vieux vêtement en guise de chiffon, le motif floral du linoléum parut presque somptueux à la lumière de la flamme.

— Oh, c'est magique! s'exclama-t-elle à plusieurs reprises en regardant la pièce. Si en plus on avait un poêle à mazout, on pourrait se faire cuire du riz…

Ashura répliqua en balançant la tête (le clair-obscur rendait la tache bleue de sa joue encore plus visible) :

— Pas de souci, ce genre de choses, ça se trouve. Bon, maintenant, vous devez avoir faim… et envie de prendre un verre. Suivez-moi.

Ils parvinrent à un espace ouvert où un feu de bois était allumé. Ashura confia quelques billets à l'un des hommes qui l'avaient aidé à monter la cabane.

— Va chercher des paquets de *ramen* et quelques bouteilles de *soju*.

Quelque chose de savoureux bouillait dans la casserole posée sur leur poêle de fortune, un bidon métallique coupé en deux.

— On va se mettre quoi, sous la dent, pour accompagner nos verres? demanda Ashura.

Un homme avec un casque de chantier vissé sur la tête répondit :

— Ça ? C'est une soupe de cochonnaille. On a eu la main un peu lourde sur la poudre de piment, ça va être épicé…

Celui qui était parti faire des emplettes revint avec un sac en plastique. Ashura lui prit les paquets de *ramen*. D'un geste énergique, il déchira les emballages et versa la sauce en sachets dans la soupe. Alors qu'il s'apprêtait à y ajouter les nouilles instantanées, l'homme au casque le retint :

— Chef, ce sera pour après… on va d'abord manger les bons morceaux.

— Dis donc, ça se présente bien aujourd'hui ! On dirait du vrai jambon, ça vient de la Collective ?

— Ben oui, commenta l'un des hommes, il faut s'entraider. Chef, vous devriez passer chez les indépendants et obtenir, vous aussi, une concession comme ça.

— Tu sais combien il faut verser ? demanda l'homme au casque.

Ashura grommela :

— Nous, on n'a pas de piston, non plus.

— Dans la zone de la concession municipale, y a rien à bouffer. Les places en or, elles sont toutes prises par les indépendants.

Le casqué sortit de la poche de sa veste une cuillère tordue, il la frotta deux ou trois fois contre sa veste avant de la plonger dans la soupe pour la goûter.

— C'est bon, à se damner !

Ashura mit des morceaux de saucisse et de jambon et beaucoup de soupe dans une petite gamelle noire et cabossée qu'il tendit à la mère et à son fils.

— Vous, les nouveaux arrivés, vous êtes les hôtes du festin de ce soir, profitez-en !

La mère goûta timidement, puis elle dit à son fils d'une petite voix :

— On dirait vraiment de la « soupe bataillon », le ragoût de *kimchi* et de saucisse des rations militaires américaines.

Dès qu'il eut goûté un morceau de saucisse, Gros-Yeux disputa le reste à sa mère. Les hommes se firent servir du *soju* dans des pots de yaourts de récupération qu'ils avaient nettoyés et dont ils avaient découpé le col. Attirées par l'odeur du brouet, les mouches ne tardèrent pas à s'inviter. Impitoyables, elles mettaient à profit le court instant entre le moment où les baguettes tiraient un morceau de la soupe et celui où elles s'approchaient des bouches, pour prendre position sur les aliments, n'en partant même pas quand les convives soufflaient dessus pour les chasser, et ne s'envolant qu'au tout dernier moment, quand les aliments touchaient le bout des langues.

— Fichez le camp, salopes ! Elles sont encore pleines de vie.

— En général, la nuit, elles sont moins teigneuses… C'est à cause du feu, sans doute.

— Ah là là ! je pensais plus les voir avec la fin de l'été, va falloir patienter encore, jusqu'à la fête des moissons !

— L'été, à force, on en bouffe bien une pleine gourde… c'est nourrissant !

Gros-Yeux, bien qu'il prît soin de les chasser, finit par en avaler une qui était tombée dans sa soupe. Il toussa, s'étrangla. Ashura proposa un peu plus de soupe à la mère, cette fois avec les nouilles bouillies. Puis, se tournant vers le garçon :

— Pour devenir un vrai travailleur, lui dit-il, faut apprendre à manger, à se débrouiller dans la vie !

*

Pendant que les adultes trinquaient en échangeant leurs verres, Gros-Yeux revint à la cabane nouvellement construite – sa mère était restée auprès d'Ashura pour en savoir un peu plus sur son nouvel emploi. Le garçon alluma la bougie puis s'étendit sur le linoléum reluisant de propreté. Il eut l'impression qu'ici, c'était plus spacieux et plus intime à la fois que là où ils étaient avant. A un moment, il lui sembla voir paraître une tête à la porte, mais elle disparut aussitôt. Il garda les yeux fixés sur l'entrée. La tête du curieux se montra de nouveau, prudemment.

— Qui c'est ?

Gros-Yeux n'entendit, en guise de réponse, qu'un gloussement. Il s'avança sur les genoux, s'approcha des deux rondins de bois qui, avec la feuille de plastique tendue, constituaient l'entrée. L'auteur du rire apparut subitement. Un garçon qui avait l'air beaucoup plus jeune que lui. Il portait une casquette de baseball déchirée, la visière tournée sur le côté. Vêtu d'un maillot de corps, il nageait dans un jean trop grand, dont le bas avait été coupé.

— Qu'est-ce que tu fous là, toi ?

— Et toi, qu'est-ce que tu fais ? Hi hi !

Agacé, Gros-Yeux arracha la casquette de la tête de l'enfant. Elle portait en petits caractères le nom d'une équipe de baseball de collège ; trop grande elle aussi, elle avait été reprise à l'arrière.

— Hé, s'te plaît… rends-la-moi ! fit le gamin en entrant avec ses chaussures sans se gêner.

Quand Gros-Yeux fit le geste de lui donner un coup de poing, il vit la moitié gauche de sa tête totalement dégarnie ; la peau, toute blanche, était fripée. Il jeta la casquette dehors puis se précipita à son tour à l'extérieur. Le garçon courut la reprendre pour la remettre sur sa tête, puis il cracha par terre devant ses pieds en grommelant :

— Hé, putain !

— Allez, t'en fais pas. Tu habites où ?

— Làààà !

Il poussait les lèvres en direction de la cabane d'à côté.

— Chez Ashura ?… Je veux dire, chez le chef de la section ? demanda Gros-Yeux.

L'autre confirma d'un hochement de la tête puis se mit à débiter des choses qu'on ne lui avait pas demandées :

— Le chef, c'est mon père. On vit tous les deux ici, j'ai pas de mère. Mon père, il me parle jamais.

— Pourquoi ?

Il baissa la tête.

— Parce que je suis pas bien dégourdi.

Gros-Yeux pensait en effet qu'il devait avoir, comme on dit, un asticot dans la noisette, ce dont il venait de convenir lui-même. Mais s'il était le fils d'Ashura, il allait devoir s'entendre avec lui. Levant la main, il lui fit signe d'attendre un instant. Il fouilla dans la boîte de tôle où il gardait ses petits trésors et en tira le robot Super Mazinger.

— Il est à toi. C'est un robot invincible.

Pour Gros-Yeux, c'était un souvenir d'enfance, bien sûr, qu'il aurait eu honte de montrer à des garçons de son âge. Bien que l'articulation des bras en plastique fût devenue un peu lâche, le ressort qui lançait les missiles était encore très bon. C'était un de ces jouets trouvés par son père dans un lot d'objets mis au rebut, et qu'il lui avait rapportés. Outre ce robot, il avait aussi des petites voitures de course, des blocs de bois pour construire une maison. Le jour où il avait reçu ces cadeaux, il avait eu droit, en plus, à des bananes.

— Regarde, quand on appuie ici…

Gros-Yeux appuya sur la partie saillante de l'articulation, et le bras se détacha et se propulsa comme une flèche, le poing fermé en avant. Le gamin éclata de rire en trépignant. Gros-Yeux ramassa le bras, le remit à sa place et tendit le robot à l'enfant.

— Comment tu t'appelles ?

— Le Pelé, hi hi !

— Le Pelé ? Comment on peut s'appeler comme ça ?… demanda Gros-Yeux tout en se disant qu'après tout, ce gamin lui plaisait bien. Cela le rassurait d'apprendre qu'ici aussi on appelait les autres par leur surnom comme au village où il vivait auparavant sur les hauteurs de la grande banlieue.

— Quel âge tu as ?

L'autre ouvrit les deux mains puis les referma, ne laissant libre qu'un seul petit doigt dressé. Gros-Yeux fut surpris. Quoi, il avait onze ans, juste trois ans de moins que lui ! Plantant son index dans la poitrine de Gros-Yeux, le Pelé demanda à son tour :

— Et toi, comment tu t'appelles ?

— Moi, c'est Gros-Yeux.

— Gros-Yeux, hi hi ! Gros… Gros-Yeux !

Quel drôle de nom ! pensait-il. Et de rigoler en se pliant en deux, au point de toucher presque le sol de la tête. D'un signe des doigts, il invita son aîné à le suivre, et prit les devants d'un pas rapide.

— Hé, p'tit voyou ! où tu vas comme ça ? demanda Gros-Yeux qui hésitait.

Le gamin se retourna brusquement pour chuchoter, un doigt sur les lèvres :

— C'est un grand secret. Mon père, ou les grands, si jamais ils savaient, ça ferait du foin !

— Mais où tu vas comme ça ?

— Viens !

Gros-Yeux suivit le Pelé sur le chemin bordé de cabanes de toute sorte, qui montait vers le sommet de la colline. Pas moins de deux mille foyers, disait-on, vivaient là, dans ces cahutes alignées côte à côte, aussi bien sur les replats que sur la pente. De chacune d'elles, une pâle lumière s'échappait par une petite fenêtre fermée par une feuille de plastique. L'enfilade de cabanes cédait la place, ici et là, à des espaces plus larges où des adultes étaient rassemblés autour de bouteilles et où les enfants couraient, passant d'une impasse à une autre. Marchant d'un pas rapide, les deux garçons laissèrent les dernières cabanes derrière eux pour descendre sur l'autre versant de la colline. L'herbe humide en fouettant leurs chevilles leur donnait une sensation de froid.

Le nom de ce village, Gros-Yeux l'avait appris au moment de quitter le centre de collecte des ordures en ville. En entendant parler de Kkotseom, l'Ile aux Fleurs, il avait imaginé un paradis au bord de la mer.

Loin maintenant de la montagne d'ordures et du village de cabanes, ils atteignirent la zone ouest de l'Ile aux Fleurs, laquelle était de forme triangulaire. Tout en bas, ils devinaient le fleuve, noyé dans l'obscurité ; les traînées de lumière des automobiles roulant sur la route le long de la rive se reflétaient à sa surface.

— Qu'est-ce que tu fais ? Dépêche-toi !

Le Pelé tira Gros-Yeux de sa contemplation. Un entrelacs d'herbes s'accrochait à leurs pieds dans le champ qu'ils traversaient. Le Pelé s'arrêta sur une dune de sable où le vent soufflait dans les branches d'un grand saule et sur les roseaux. Gros-Yeux regarda autour de lui. Loin, du côté est, un pont illuminé resplendissait. Il se souvint que le camion qui l'avait amené là avait tourné à gauche pour s'acheminer jusqu'à l'Ile aux Fleurs après l'avoir franchi. Sur cette zone, une seconde montagne d'ordures encore plus élevée dominait le fleuve. Il était trop tard pour travailler, tous les camions étaient partis. Le Pelé s'accroupit et se mit à creuser le sable à deux mains tout en disant à son compagnon :

— Essaie toi aussi par là.

Gros-Yeux tira sur une corde enfouie dans le sable. Ses extrémités étaient attachées à deux perches émergeant à peine du sol. Quand ils tirèrent chacun de leur côté, les perches se redressèrent en déployant une toile de tente. D'un sac en plastique, le Pelé tira des allumettes et une bougie. Il en alluma une. Deux murets bas en vrai béton délimitaient un angle, le sol était couvert d'un carton épais, lui-même recouvert d'une toile de tente à larges rayures blanches et bleues. Dressé sur le versant de la colline, l'abri se voyait comme un coup de dent dans une baguette de pain.

— C'est notre QG, déclara fièrement le Pelé avant de déposer le robot Mazinger dans une boîte. Gros-Yeux regardait, admiratif, autour de lui.

— Whaou! on dirait une vraie maison.

— Oui, c'est un peu ça, fit le Pelé en frappant la murette du dos de la main à l'instar de son copain. Gros-Yeux apprit que l'endroit avait été un poste d'observation de l'armée. Les enfants avaient tapissé le sol de cartons, de bâches, de feuilles de plastique trouvés dans la décharge, pour se fabriquer un coin confortable, bien à eux. Ils avaient même arrangé un auvent sur la façade pour se protéger du soleil et de la pluie. Quand ils n'étaient pas là, ils dénouaient les cordes pour rabattre le tout et dissimuler leur gîte aux yeux d'éventuels passants. C'était comme un rideau de théâtre qui fait surgir subitement un autre monde, avec un véritable effet dramatique. De l'intérieur, on avait une vue sur un paysage tout autre que celui qu'on apercevait du haut de la colline de sable. Dans le cadre constitué par les deux murettes et la toile de l'auvent, les roseaux et le saule se dressaient comme un décor au milieu duquel un fleuve coulait lentement, avec la lune en arrière-plan. Au loin, de l'autre côté du fleuve, on voyait scintiller les lumières de la ville.

— Vous avez un chouette QG ! reprit Gros-Yeux, non sans laisser paraître son envie et son admiration.

— Si jamais notre chef le sait, je vais ramasser une de ces raclées, hi hi ! murmura le Pelé en montrant des magazines qu'il avait sortis du tiroir d'une petite table basse rangée au fond de l'abri, et en en tournant les pages. Mais la crainte de la punition ne faisait pas le poids face à la fierté qu'il éprouvait à les montrer à son ami. Gros-Yeux savait très bien ce qu'il y avait dans ce genre de revues que les aînés de son ancien village lui avaient déjà montrées. C'étaient des magazines pour adultes importés de l'étranger, dont les pages étaient remplies, d'un bout à l'autre, de photos d'hommes et de femmes à poil.

— Votre chef, c'est qui ?

— La Taupe… il est redoutable.

— Quel âge il a ?

— Je sais pas, en tout cas il est aussi grand qu'un adulte. Il est plus costaud que toi. Il travaille bien, aussi.

Tous deux restèrent un bon moment sans rien dire, les genoux remontés sous le menton. Gros-Yeux se disait que son copain avait une qualité : il ne parlait pas trop, du moins tant qu'on ne lui posait pas de questions. Il avait l'air d'avoir du flair, même si son langage ne le laissait pas vraiment supposer. C'était sans doute quelqu'un de réfléchi. Quand on a été beaucoup harcelé, moqué par les autres, on devient prudent. Lui aussi était un garçon discret, habitué à la solitude.

— Tu aimes cet endroit ? demanda Gros-Yeux.

Son jeune ami hocha la tête plusieurs fois pour dire oui.

— Tu viens dans la journée aussi ?

— Je viens n'importe quand. Les autres, ils viennent plutôt le soir.

Hésitant un peu, Gros-Yeux demanda encore :

— Ton père… heu… eh bien… est-ce qu'il est gentil ?

— J'sais pas, i'm'dit jamais rien.

— A partir de demain, ma mère et moi on va travailler sous les ordres de ton père…

— Ici, les enfants, i'peuvent pas travailler. A part la Taupe et toi, murmura-t-il. Peut-être que mon père et ta mère, i'vont pieuter ensemble, hi hi !

Gros-Yeux donna un grand coup sur la casquette du gamin, lequel s'affaissa en geignant comme s'il était sur le point de mourir.

— Me frappe pas, putain !

— Voyou, c'est toi qui as commencé !

S'éloignant d'une démarche de canard, le Pelé se massait le crâne des deux mains.

— Moi, j'ai pas de mère, toi, t'as pas de père. Mon père, i'vivait avec une femme, mais elle a fichu le camp.

— Moi, un père, j'en ai un. Comment est-ce qu'on peut vivre avec n'importe qui ?

— Ici, tout le monde fait comme ça.

Le Pelé remit sa casquette, puis il supplia :

— Me frappe plus à la tête, merde ! Quand j'étais petit, ma mère elle m'a versé de l'eau bouillante. C'est pour ça que je suis un peu zinzin.

— Bon, d'accord, c'est promis. Demain, on reviendra ici.

Ils éteignirent la bougie et abattirent la toile de tente avant de prendre le chemin du retour. En route, le Pelé s'agenouilla dans un sillon pour arracher une poignée de gousses qu'il tendit à son nouvel ami.

— Tiens, essaie, c'est bon.

Gros-Yeux secoua la terre, les essuya vaguement. Ils longeaient un champ de cacahuètes. Une fois ouvertes, les cosses laissèrent paraître les graines roses.

— Si on se fait prendre, i'vont nous taper dessus, hi hi !

— A qui c'est ?

— Aux gens du village, de l'autre côté de la petite rivière.

Alors qu'ils n'étaient plus très loin des premières cabanes des ouvriers, le Pelé se jeta à plat ventre par terre tout en intimant à Gros-Yeux, d'un geste, de faire de même. Surpris, ce dernier l'imita bien que n'ayant rien aperçu ni entendu. Se redressant à moitié, il grommela :

— Qu'est-ce qui t'arrive ?

— Chut ! bouge pas, fit le Pelé en appuyant sur la nuque de son compagnon.

Toujours ignorant de ce qui se passait, Gros-Yeux attendit. L'herbe humide lui caressait les flancs. Un bon moment plus tard, le Pelé se releva. Son ami l'imita, explorant du regard les alentours. Il entendit les grosses voix d'adultes en pleine altercation, d'autres en train de chanter, toutes semblant venir de loin. Les yeux fixés sur un point dans le noir, le Pelé dit enfin :

— Ils sont passés.

— Qui « ils » ?

— Y a que moi qui vois.

Gros-Yeux avait le sentiment que son copain se fichait de lui.

— Putain, c'est des fantômes, ou quoi ? gronda-t-il.

— Les lueurs bleues, je suis le seul à les voir.

Saisi d'une peur inexplicable, Gros-Yeux prit les devants sur le chemin qui montait. Parvenu en haut, il retrouva les lumières du bidonville et la montagne d'ordures.

*

Roulé en boule, bien qu'entendant déjà la rumeur au-dehors, Gros-Yeux restait couché. Sa mère arracha sa couverture sans pitié.

— Allez, debout ! fit-elle en le secouant. Au boulot !

Il s'assit avec effort, les paupières encore soudées. Sa mère le mit debout en le tirant par les bras.

— Va-t-il falloir que je t'habille, à ton âge ?

L'adolescent enfila son pantalon en trébuchant et passa un tee-shirt pendant que sa mère se métamorphosait en astronaute : chapeau rond surélevé, de ceux que les paysannes portent dans les champs, sous lequel elle avait glissé une serviette, et masque qui lui mangeait la moitié du visage. Elle enfila une paire de gants en coton puis une autre, par-dessus, en caoutchouc épais. Elle prit un râteau pas plus long que l'avant-bras. Elle portait aussi des bottes qui lui montaient jusqu'aux genoux et qui la faisaient ressembler à un ramasseur de coquillages dans les vasières. Elle enfonça sur la tête de son fils un képi militaire troué qu'elle avait sorti d'on ne sait où et elle lui tendit une paire de gants en coton et une autre en caoutchouc, ainsi que des bottes militaires défraîchies.

— C'est monsieur le chef qui nous a préparé tout ça, allez dépêche-toi! fit la voix de la mère, nasillant derrière son masque.

La visière du képi lui descendait jusqu'à la racine du nez, et les bottes étaient si grandes qu'il y avait du jeu devant les orteils et derrière le talon. Malgré cela, le gamin se sentait fier d'être considéré, à compter de ce jour, comme un travailleur à part entière. Il enfila ses deux paires de gants, comme il l'avait vu faire à sa mère, avant de prendre, lui aussi, un râteau. Devant leur cabane, deux paniers ovales munis de bretelles attendaient. La mère en prit un sur son dos, son fils fit de même. Du coup, il eut l'impression d'avoir grandi de quelques pouces. Sur le chemin devant les cabanes, une foule d'ouvriers, dans un accoutrement identique, marchaient en rangs serrés dans la même direction. Parvenus au terre-plein où les camions avaient fait demi-tour la veille, les travailleurs se dispersèrent, pressant le pas comme s'ils se disputaient les premières places. Chacun connaissait parfaitement l'endroit où il devait se rendre.

Ashura, qui avait remonté la procession à contre-courant, prit la mère par l'épaule :

— Pourquoi vous traînez comme ça? grommela-t-il.

— Désolée, il y a tellement de monde…

— Bon, vous voyez les deux tas, là-bas?

— J'en vois quatre.

— Je parle des plus gros, à droite c'est la zone pour ceux de la mairie, à gauche, c'est pour les privés. Nous, on s'occupe de ceux de droite.

Il n'avait rien dit au jeune garçon, c'est à peine s'il avait, d'un rapide coup d'œil, remarqué sa présence. C'était déjà bien, devait-il penser, qu'il ne traînât pas son panier par terre. Les tas en question étaient des montagnes d'ordures de toute sorte. Une fois que les ouvriers avaient récupéré ce qu'ils voulaient sauver, des bulldozers aplanissaient le reste. Au fur et à mesure qu'ils avançaient, ils sentaient leurs pieds s'enfoncer, parfois crochetés par des bouts de ferraille ; il leur fallait les secouer pour se dégager. De la hauteur où ils se trouvaient, ils apercevaient la voie express le long du fleuve et le pont conduisant à l'Ile aux Fleurs où des camions, tous phares allumés, avançaient à la queue leu leu dans un nuage de poussière. Les responsables de chaque zone appelaient les travailleurs qui leur avaient été affectés, dans une cacophonie invraisemblable.

— Allez, mettez-vous en rang sur deux files, pas de temps à perdre !

Ashura expliquait que le matin, entre cinq heures et neuf heures, c'était le créneau en or, c'est là qu'il fallait s'activer le plus, c'est là qu'on trouvait le plus de choses. L'autre créneau, d'un rendement moindre, était de midi à la tombée du jour. On travaillait douze heures par jour. Les employés – ceux qui avaient été légalement enregistrés pour travailler dans la concession de la mairie – attendaient en rang les camions de leur secteur. Comme ils avaient payé une commission, ils étaient prioritaires pour entrer sur le chantier et fouiller les premiers. Ensuite, les autres avaient le droit de fourrager à leur tour dans ce qui restait. Sans jamais la lâcher, Ashura ne cessait de fournir ses explications à la mère.

— Celui qui repère le premier emporte, c'est clair ? Les trucs en plastique, le polyéthylène, tout ça, ça passe après : ce qu'il faut surtout repérer, c'est les choses comme les rouleaux de linoléum, les bâches, tout ce qui est en métal, ça, il faut tout garder. Les bouteilles en verre aussi ça compte. Le carton, ça passe avant les tissus et les vêtements, à moins que ce soient des choses bien.

Il donna aussi quelques conseils à Gros-Yeux :

— Toi, t'es pas un travailleur à part entière, tu dois rester tout près de ta mère et repérer des choses qu'elle aurait pas vues. Quand son panier est plein, c'est à toi d'aller le vider.

Les premiers camions arrivaient. Venant surtout du centre-ville et des zones commerciales, les ordures acheminées à l'aube contenaient beaucoup de choses à récupérer. Les ordures ménagères des lotissements et des complexes d'appartements arrivaient à partir de midi. L'après-midi, c'était le tour des déchets industriels ou ceux provenant des chantiers de construction. Phares allumés, les camions gravissaient lentement la pente, auréolés d'une nuée noire de mouches. Le responsable du secteur cria d'une voix forte le numéro collé sur le pare-brise, et l'un des collecteurs s'avança promptement, guidant par gestes le véhicule pour l'amener à l'endroit précis où il devait décharger son butin. « Encore ! Encore ! » criait le guide. Le camion tourna en dessinant un grand cercle, puis fit machine arrière et s'immobilisa. Dès que la benne, en se levant, eut dégorgé son contenu, les collecteurs se lancèrent à l'assaut. Les camions continuaient d'affluer sur le site. A un moment, Ashura annonça à ses employés :

— Voilà le nôtre !

Un type casqué, tout petit, que Gros-Yeux avait aperçu la veille dans l'espace où le groupe d'Ashura s'était assemblé, s'avança pour guider le véhicule. Celui-ci fit un cercle complet avant de vider sa benne. D'autres camions continuaient d'arriver. Les collecteurs s'étaient déjà jetés sur les tas d'ordures quand un autre camion survint. Il dut freiner d'urgence. La vitre de la cabine descendit :

— Tu veux mourir, toi ? fit le conducteur en passant la tête. C'est qui le responsable de ce secteur ?

Ashura leva la main. Quand le chauffeur l'aperçut dans la lumière des phares, il vociféra :

— Merde ! tu veux que j'aille bouffer la tambouille de la taule ?

— J'ai beau leur dire tous les jours de faire attention… Allez, désolé, fais pas le méchant.

— Tu sais combien y ont laissé leur peau quand on décharge ?

— Oui, oui, j'ai compris.

Brandissant un rondin ramassé à ses pieds, Ashura s'approcha du tas d'ordures en hurlant après ses collecteurs pour les disperser :

— Qui est-ce qui ose commencer alors que j'ai pas encore donné le signal ? Si jamais y a un accident, on perd tous notre permis, nos droits, c'est fini, compris ?

Une fois que les camions eurent tous effectué leur manœuvre à reculons et déversé le contenu de leur benne, le chef, s'étant assuré que l'opération de déchargement était terminée, lança l'ordre : « Au boulot ! », l'accompagnant d'un grand geste du bras.

Les collecteurs, une bonne quarantaine de personnes, se jetèrent littéralement sur l'amoncellement d'ordures, plus haut qu'un adulte. Bien qu'elle s'atta-quât pour la première fois à pareille tâche, la mère de Gros-Yeux, imitant ses collègues, réussit à grimper jusqu'en haut en balançant énergiquement bras et jambes. Son fils ne l'avait pas lâchée d'une semelle. Ashura, qui était resté tout près d'elle, mit dans son panier une bonbonne d'eau en plastique, déformée. Gros-Yeux réussit à dégager des pots de yaourts, des flacons de produits cosmétiques, des gourdes, des bassinets abîmés, des canettes, des bouteilles, qu'il jetait dans son panier. La plupart des autres, équipés d'une lampe frontale fixée sur leur casque, repéraient plus facilement leur butin alors que la mère devait approcher de ses yeux, pour les identifier, les objets qu'elle parvenait à extraire dans l'obscurité. Il lui arrivait souvent de se faire griller la politesse. Gros-Yeux s'activait de son mieux auprès d'elle.

Ils procédaient de haut en bas, récupéraient dans un premier temps ce qui émergeait, puis donnaient des coups de râteau en reculant pour retourner les gravats. Lorsqu'ils atteignaient le bas, l'amoncellement était déjà moins élevé et plus étendu. Ils le gravissaient une deuxième fois en fouillant plus en profondeur, plus en largeur aussi. Ils descendaient sur l'autre versant en ratissant minutieusement. Il fallait entre dix et quinze minutes pour venir à bout de la charge de tout un camion. Une deuxième équipe passait derrière pour ne rien manquer.

Le ciel s'embrasait petit à petit, le soleil se levait. Ce qu'ils foulaient aux pieds leur paraissait sale, bien sûr, dégoûtant. C'était blanc, noir, jaune, vert, bariolé, scintillant, poli, carré, anguleux, rond, allongé, ramolli, raide, c'était coincé ou à peine émergé, ça roulait, c'était âcre, nauséabond, suffocant, pestilentiel, répugnant et toujours étrange. Bien qu'il s'agît de choses tout à fait communes, quand ils en découvraient des éléments séparés, comme par exemple une jambe de poupée, cela faisait peur. Une fois, Gros-Yeux enfonça bêtement son râteau dans quelque chose qui avait fait reculer sa mère horrifiée : ce qu'il souleva éclata en laissant s'écouler un liquide. Cela ressemblait à un chat. A l'endroit des yeux, il y avait deux cavités vides. Les deux oreilles pointues de chaque côté de la tête ne laissaient aucun doute, il s'agissait bien d'un chat. Il avait des canines, mais point de ventre. A la place, un tas d'asticots grouillants. Il en pleuvait sur les bottes du jeune garçon. Dégoûté, celui-ci jeta le cadavre aussi loin qu'il put. Il ne tarderait pas à comprendre que tout cela faisait partie de ces choses qu'une ville abandonnait au même titre que les canettes écrasées, les bouteilles de *soju* remplies de mégots, avec des empreintes de rouge à lèvres sur le goulot. Des choses tout imprégnées, à leur façon, de tristesse, de mélancolie. C'est ce qui les avait rendues étranges, c'est ce qui lui faisait si peur. Une fois le soleil levé, une multitude invraisemblable de mouches venait se jeter sur les ordures, et sur les collecteurs.

Venus de tous les différents arrondissements de la grande ville, les camions n'arrêtaient pas d'arriver. La décharge publique s'étendait, d'est en ouest, sur toute la partie sud de l'Ile aux Fleurs. Elle se partageait en une zone municipale couvrant l'équivalent de soixante-dix stades de baseball, et une zone réservée aux indépendants, correspondant à environ une centaine de stades. Les ordures produites par les vingt et un arrondissements de la ville étaient livrées à des équipes qui avaient payé une redevance à leur chef, laquelle leur permettait d'accéder aux ordures provenant de plusieurs arrondissements. Quand les collecteurs en avaient terminé avec un tas, ils s'attaquaient à celui d'à côté. Une fois que ces privilégiés avaient fini leur récolte, les autres collecteurs pouvaient à leur tour entrer en jeu. Pour finir, d'autres camions venaient recouvrir les ordures d'une épaisse couche de terre. Ainsi se terminait le travail de la matinée.

2

Cela faisait déjà plus d'un mois que Gros-Yeux et sa mère étaient arrivés à l'Ile aux Fleurs. Le premier jour, la mère avait dit que c'était un endroit comme les autres, un lieu où vivaient des gens comme tout le monde. Pourtant, c'était bel et bien un dépotoir, un emplacement où venaient échouer les objets que les gens n'utilisaient plus, les choses qu'ils délaissaient, bref, tout ce dont ils ne voulaient plus ; et ceux qui vivaient ici, c'était aussi des gens que la ville avait abandonnés et chassés.

Gros-Yeux, maintenant, regrettait les vieilles venelles du quartier où il habitait avant, à flanc de montagne, ces ruelles en pente qui partaient en tous sens, serpentant le long de murs de ciment peints et repeints, couche après couche, de couleurs criardes ; il regrettait les cabots ébouriffés, sales et constamment en rut ; il regrettait les grands-mères qui, assises en plein milieu, buvaient du *makkolli*, les seins pendant sous leur chemise trouée ; il regrettait même les briquettes consumées en train de se déliter dans les recoins, et les sachets de *ramen* voltigeant de-ci de-là au gré du vent ; il regrettait ces moments où il se perdait dans ce dédale, tournait en rond, montant et redescendant ; il regrettait le chant d'une petite fille à sa fenêtre, berçant dans son dos un petit frère presque aussi grand qu'elle, enfermée à la maison par ses parents partis au travail ; il regrettait les fleurs d'été sur les terrasses où s'alignaient les jarres de sauces et où flottait au vent le linge étendu sur un fil ; il regrettait les lumières aux fenêtres quand le ciel était noir ; et le marché, si chouette, le marché !

Au terme de ses navettes, il retrouvait les jeunes ouvrières des ateliers de confection qui chantaient en écoutant la radio, le volume à fond ; elles venaient, tout en gloussant, lui enfourner dans la bouche des raviolis frits ; et, à ses yeux, les fringues que façonnaient leurs doigts de fée étaient encore plus belles que les fleurs. Sur le stand que tenait sa mère en bordure du marché, les légumes respiraient la fraîcheur, et les poissons, régulièrement aspergés ou congelés dans la glace, luisaient comme des sous neufs. Là-bas, c'était la vraie vie.

Pourtant, il ne trouvait pas sa nouvelle vie dans l'île insupportable ni ennuyeuse. C'était juste un autre monde.

Bien que passant le plus clair de son temps dans les allées du marché juché à flanc de colline, il avait vécu là comme on vit en ville, fréquentant l'école, côtoyant la banque, le poste de police ou le cinéma, utilisant les autobus, le métro et les passerelles pour piétons. Et un beau jour, tout à coup, sa mère et lui étaient passés à travers un trou magique, ou bien ils avaient plongé dans un puits ou franchi une porte antique, et ils avaient surgi de l'autre côté, comme dans un rêve, chez des extraterrestres. Et là, le jeune garçon qu'il était s'étonnait de constater qu'on fabriquât, dans ce monde, autant de choses que riches et pauvres achetaient pour se nourrir, s'habiller, utiliser ou simplement posséder avant de les jeter, et que toutes ces choses fussent, en fin de course, acheminées ici même.

Au début, comme le lui avait ordonné Ashura, Gros-Yeux suivait sa mère, membre de l'équipe de tête, celle qui intervenait en premier. Mais sa présence auprès d'elle suscitait des jalousies et des plaintes chez les employés de la seconde équipe. Une femme les avait même insultés méchamment, estimant ce privilège injuste. Depuis, le jeune garçon restait à l'arrière avec la seconde équipe, disputant aux autres ses trouvailles, ou se contentant de porter le panier de sa mère en bas, là où se faisaient le tri et le pesage. Des chiffonniers passaient tous les dix ou quinze jours pour enlever les objets collectés et les revendre à des usines de recyclage. Le secteur échu à Ashura n'était pas le meilleur, mais il n'était pas, non plus, aussi stérile que celui du quartier nord de l'autre côté du fleuve. Disons que la récolte était moyenne. Il correspondait aux districts est et sud-est de la ville, pourvus de marchés, de quelques complexes d'appartements de bon standing et de zones industrielles. Les indépendants s'étaient vu attribuer, eux, les rebuts collectés dans les rues commerçantes du centre-ville, à la base militaire américaine, dans les usines du sud-ouest et les appartements des classes moyennes du sud. Des compagnies comme Environ-nement et collectivité ou la Centrale de recyclage Joongang avaient signé des contrats exclusifs avec certains quartiers, confiant la collecte à du personnel qu'elles engageaient elles-mêmes, lequel assurait le rachat des objets triés et leur revente aux usines de recy-clage. Par ailleurs, des privés venaient à moto à toute heure du jour pour enlever les objets triés, d'autres, genre ferrailleurs, se présentaient avec des pick-up d'une tonne tandis que les patrons de compagnies privées venaient régulièrement au volant de fourgonnettes Boxer ou de camions Titan pour acheter en gros. Ceux qui relevaient de la concession municipale pouvaient vendre directement aux usines de recyclage ou bien aux privés qui se présentaient avec leur véhicule, si le prix leur convenait.

La mère de Gros-Yeux gagnait trois fois plus ici que lorsqu'elle vendait des légumes au marché. Avec le produit de sa première vente, elle acheta une caisse de *makkolli* pour faire des cadeaux à ses collègues plus âgés. Certains jours, ceux où ils vendaient le produit de leur travail, s'il n'y avait pas de collecte le soir, les travailleurs allaient au bain public, chacun se faisant beau pour aller faire un tour dans le quartier animé à l'autre côté du fleuve.

Si Gros-Yeux appelait le chef « Ashura », c'était certes à cause de la grande tache bleue qu'il avait sur la joue, mais aussi parce qu'il lui avait fait une impression désagréable lors de leur première rencontre. Tous deux étaient destinés à devenir des ennemis jurés. Mais la mère y était aussi pour quelque chose. Car si elle et son fils avaient pu obtenir ces emplois sur l'Ile aux Fleurs sans avoir à payer un sou de commission, c'était grâce au soutien que leur apportait Ashura ; et Gros-Yeux, en conséquence, devait se montrer respectueux et l'appeler « tonton » – sans aller toutefois jusqu'à devoir utiliser le mot de « père ».

Une nuit, il se réveilla avec l'impression étrange que la personne qui était étendue à côté de lui n'était pas sa mère. Un enfant dormait, respirant régulièrement, collé contre son dos. Gros-Yeux le poussa du coude.

L'autre se retourna tout en grommelant dans son sommeil. Pourquoi le Pelé était-il venu dormir chez lui ? Il s'apprêtait déjà à prendre la défense de sa mère quand l'intrus lui dit, en termes vulgaires : « Elle doit être en train de se faire niquer par mon père. » Gros-Yeux faillit crier, imitant la voix de son père, que cette pute et son mac, il allait leur faire la peau ! Tâtonnant dans le noir, il mit la main sur un couteau dans la boîte aux ustensiles de cuisine. Il voulut ouvrir la porte de la cabane voisine – une feuille de plastique tendue sur de modestes montants de bois. Mais elle était fermée de l'intérieur. Il passa les doigts à travers la feuille, comme on le fait avec les portes traditionnelles tendues de papier, et il fit sauter le crochet. Il regrettait de n'avoir pas apporté sa lampe de casque tant l'intérieur était sombre. Il entendit soudain un bruissement, puis une lumière aveuglante le contraignit à faire un pas en arrière, une main sur les yeux, tandis qu'une menace, proférée à voix basse, lui parvenait :

— Qu'est-ce que c'est ? C'est toi, p'tit voyou ?…

Nu comme un ver – du moins c'est ainsi que Gros-Yeux crut le voir –, Ashura s'était dressé, une lampe dans une main. De l'autre, il attrapa le gamin qui reculait déjà et le jeta dehors. Planté sur le pas de la porte, en slip, il balayait l'importun de la lumière de sa lampe.

— Eh ben ! te voilà avec un couteau à la main !

— Qui est-ce ?

Dès qu'il entendit la voix de sa mère, Gros-Yeux jeta son arme et s'enfuit par les sentiers entre les cabanes. Il courut, hors d'haleine, jusqu'à l'extrémité du village tout en haut de la colline, et il resta assis là, non loin du QG, jusqu'à ce que le jour se lève. Il ne savait pas si sa mère avait fait la chose avec Ashura ou s'ils étaient restés simplement enlacés ; il venait, en tout cas, de constater qu'ils pieutaient sous la même couverture. Au bout d'une demi-heure, sa fureur s'était apaisée, sa déception aussi. Ayant toujours été habitué à observer le comportement des adultes, il s'était déjà fait une idée sur le mode de vie de ceux de la communauté où il vivait désormais. Les enfants d'ici parlaient d'eux en plaisantant, et lorsque les histoires concernaient leurs propres parents, ils faisaient comme s'ils parlaient d'autres personnes. Ailleurs, des témoignages de ce genre auraient provoqué coups de poing et saignements de nez, mais ici ils ne suscitaient que de grands éclats de rire idiots ponctués de jurons vulgaires. Les employés étaient, pour la plupart, des personnes seules, ou des familles monoparentales. Il y avait aussi, parmi eux, de vraies familles avec enfants, mais ces gens-là vivaient en location de l'autre côté de la petite rivière : ils venaient travailler tôt le matin et repartaient chez eux tard le soir. Dans le village de cabanes s'entassaient deux mille foyers soit environ six mille personnes. A la campagne, cela représenterait plusieurs dizaines de hameaux. Dans un même secteur, tout le monde connaissait tout le monde, mais chacun finissait par connaître aussi ceux du secteur voisin car, le soir, ils allaient boire ensemble. On se disputait souvent et on se réconciliait très vite, des hommes et des femmes s'appariaient quelques mois puis se quittaient pour un autre ou une autre. Les enfants vivaient entre eux, dans un tout autre monde. Parmi eux, une dizaine – c'était le cas de la Taupe et de Gros-Yeux – s'étaient intégrés très tôt dans l'univers des adultes, se prenant déjà, eux aussi, pour des grands. Ce n'est qu'à l'âge de dix-huit ou dix-neuf ans que les jeunes basculaient réellement dans leur monde. Et ceux que le Pelé et Gros-Yeux redoutaient le plus, c'étaient précisément les jeunes de cet âge-là. En tout cas, Gros-Yeux avait réussi à se faire intégrer dans ce groupe de jeunes qui ne représentait qu'une toute petite minorité parmi les habitants de l'île. C'est ainsi que le lien qu'il maintenait avec tant de peine avec sa mère s'était rompu ce jour-là.

En voyant, à l'aube, les premiers camions traverser le pont reliant la berge à l'île, Gros-Yeux décida de descendre jusqu'à la rive. Il n'était pas d'humeur à se mettre à la collecte de sitôt et encore moins à rejoindre sa cabane vide. Il resterait toute la journée sans rien faire. Mais où aller ? Là où il vivait avant, il y avait des venelles, des aires de jeu, de petits parcs, plein d'endroits où il pouvait traîner à sa guise, sans compter les salles de lecture de BD à proximité du marché. Il opta finalement pour « leur » QG – bien qu'il ne fût pas encore tout à fait à lui. Il irait s'y planquer jusqu'à midi, heure à laquelle prenait fin le travail du matin. Quand il y était allé avec le Pelé, c'était au milieu de la nuit ; il lui semblait avoir suivi un chemin sans complications et assez court, mais maintenant qu'il descendait la pente, la seule chose qu'il reconnaissait, c'était le fleuve. Il y avait, se souvint-il, un champ de cacahuètes… Il fit une pause pour inspecter les parages, mais il n'avait sous les yeux que de la terre labourée depuis relativement peu de temps. Au vu des tiges et des feuilles séchées gisant en tous sens sur les mottes, il comprit qu'il y avait bien eu là des plantations. Il poursuivit en franchissant des sillons et aperçut enfin les peupliers de la rive, puis le replat de sable envahi de chiendent et d'herbes folles. Il repéra la petite murette à peine visible, retrouva le cordon enfoui dans le sable, tira, dressa la toile de tente, et, après avoir secoué la bâche de plastique qui recouvrait le sol pour en chasser le sable, il prit place, assis en tailleur, comme s'il était le maître du logis. Là, le reste du monde disparaissait de sa vue à l'exception du bout de panorama découpé par le carré de l'ouverture. Le soleil pointait tout juste au-dessus de l'horizon à l'est du fleuve. L'eau noire s'irisait peu à peu, les fenêtres des appartements au loin dessinaient des points lumineux dans l'espace encore obscur, et, dans la lumière naissante, c'est à peine si l'on voyait encore les phares des voitures.

— Hé, grand frère!

Le visage du Pelé venait de surgir dans le cadre du paysage avec sa casquette en biais sur la tête.

— Je pensais bien que tu serais là, murmura-t-il avec un sourire.

Sur un ton distant, Gros-Yeux demanda :

— Et pourquoi que je serais ton grand frère?

— Qu'est-ce que je t'avais dit? Je t'avais pas dit qu'ils baiseraient?

Gros-Yeux pouffa, il en oublia sa colère :

— C'est pour ça que je suis ton frère?

— « Grand frère », c'est mieux que « Gros-Yeux », hi hi! C'est mon père qui m'a dit de venir te chercher.

Dans le même temps, déjà les autres devaient être absorbés à arracher un peu d'argent aux tas d'ordures. Bien qu'apaisé, Gros-Yeux se promit de laisser passer quelques jours en se comportant comme s'il était en colère. Céder à la colère parce que sa mère couchait avec un autre homme que son père, ici, dans un lieu où personne n'avait d'adresse, où tout ce qui s'y trouvait était hors d'usage, les gens comme les choses, c'était ridicule. Il lui semblait que, pour s'extirper de là, les êtres humains aussi auraient besoin de transiter par une usine de recyclage. Le soleil était maintenant au zénith, l'eau du fleuve scintillait de mille feux. Gros-Yeux et le Pelé restèrent encore longtemps à contempler le cours d'eau.

Vint le moment où Gros-Yeux eut faim. Quand il était au travail, il mangeait des yaourts périmés et buvait des jus de fruits dont il avait au préalable vérifié l'odeur, croquait les restes de fruits, avalait des tranches de pain de mie dont l'emballage affichait des dates de validité dépassées. Le travail du petit matin se terminant vers les neuf heures, il n'était possible de prendre son petit déjeuner qu'après, une fois qu'on était rentrés à la cabane. Quand les camions du centre-ville et des quartiers commerciaux s'étaient retirés et que les détritus avaient été recouverts de terre, il fallait attendre le début de l'après-midi pour voir affluer les arrivages en provenance des quartiers résidentiels. Ces trois heures de pause en fin de matinée, les gens les passaient à trier les objets collectés ou à aller faire des courses. Quelquefois, ils descendaient s'approvisionner en eau auprès du camion-citerne qui passait deux fois par jour. Ou encore, ils allaient laver leur linge sur la rive en prenant soin de s'éloigner le plus possible de la décharge. En s'y prenant tôt, ils pouvaient faire un saut jusqu'au bourg, de l'autre côté de la petite rivière. A partir de midi, il n'était plus question de s'absenter. En fin d'après-midi et le soir, étaient livrés les déchets en provenance des sites de construction et des usines, riches d'autant de trésors que ceux de l'aube. Toujours très occupés, les adultes n'avaient guère le temps de préparer les repas, et les enfants de l'île avaient toujours faim. Les plus jeunes bénéficiaient d'un petit déjeuner convenable et d'un déjeuner digne de ce nom préparé par leurs parents pendant les trois heures de pause de la matinée, mais pour le dîner, il leur fallait se débrouiller pendant que les adultes, une fois la besogne de la journée terminée, s'attablaient pour échanger des verres. Ils faisaient bouillir, griller, cuire, chez eux ou un peu n'importe où, ce que les adultes avaient ramassé : boîtes de conserve périmées, tranches de jambon dans leur emballage de plastique, entrailles de poissons provenant des marchés. Rares étaient les intoxications alimentaires, aussi bien chez les enfants que chez les adultes. Il arrivait bien que l'un ou l'autre ait la diarrhée, mais personne n'en parlait jamais ouvertement.

— T'as pas faim ? demanda le Pelé.

Gros-Yeux fit semblant de n'avoir pas entendu, il n'avait aucune envie de quitter leur base. En faisant bruire le sac en plastique qu'il avait à la main, son copain tira quelque chose. C'était un paquet de saucisses arrangées côte à côte dans leur emballage transparent, aussi grosses que de gros doigts d'adultes. Le sachet était ouvert sur un côté, il en manquait plusieurs. Le Pelé sortit une première saucisse, couverte de poussière, qu'il renifla.

— Hum, ça sent bon !

Il nettoya la partie souillée à grands coups de langue, cracha, puis y planta les dents. Quant à Gros-Yeux, alors que par le passé il aurait répugné à manger ce genre de chose et même rompu toute relation avec des copains qui l'aurait invité à partager pareil butin (c'était certainement bourré d'agents conservateurs, ça avait dû traîner dans un frigo avant d'être jeté…), il plongea ses doigts dans le sachet pour en tirer une saucisse.

— Finalement, déclara-t-il, c'est pas si mal !

Ils en mangèrent cinq chacun. Gros-Yeux demanda :

— Y a un truc qui me turlupine depuis l'autre jour. Qu'est-ce que c'est cette histoire de feu follet que t'es seul à voir ?

Le Pelé baissa la tête et rentra le cou dans les épaules en regardant autour de lui.

— J'en ai parlé qu'à toi, les autres i'voient pas.

— Oui, mais c'est quoi ?

— J'en sais rien. Ils sortent que la nuit. Ils nous ressemblent.

— Dans ce cas, c'est des fantômes ?

— Ils sont pas horribles. Y a des grands et des enfants, des hommes et des femmes.

Ces explications laissaient Gros-Yeux perplexe. Il préféra changer de sujet.

— Vous êtes combien à venir ici ?

— P't-être six, moi compris. Seuls ceux qui sont autorisés par le boss ont le droit, fit le Pelé en bombant le torse.

Gros-Yeux le trouva sottement prétentieux.

— Ça veut dire que moi, j'ai pas le droit ? grommela-t-il.

— J'sais pas, c'est la Taupe qui donne la permission.

— La Taupe, il est plus grand que moi ? Il est bon à la bagarre ?

— T'es plus grand que lui, je crois, mais lui, il est vachement balèze.

Gros-Yeux était curieux de plein de choses, il multi-pliait les questions.

— Toi, tu traînes où toute la journée ?

Bien que voisins, Gros-Yeux ne rencontrait le Pelé que tard le soir. Parfois, ce dernier ne venait même pas manger. La curiosité de Gros-Yeux était piquée. Une semaine environ après leur arrivée dans l'île, la mère de Gros-Yeux s'était mise à préparer les repas, en fin de matinée, dans la cuisine d'Ashura, si bien qu'ils mangeaient ensemble devant un plateau de maillechort. Voyant le Pelé souvent absent, elle s'était inquiétée plus d'une fois de savoir où il était passé. Le plus souvent, Ashura gardait le silence ; un jour, il avait répondu d'un air renfrogné, les yeux fixés sur Gros-Yeux : « Les gosses, ici, y en a pas un qui écoute ses parents. »

Gros-Yeux avait mille questions :

— Ici, vous allez pas du tout à l'école ?

— Si, y a une école, fit son compagnon en rigolant. On y va si on a envie. Aujourd'hui, je fais sauter pour m'amuser avec toi, hi hi !

— Les autres aussi font comme toi ?

— Oui, la plupart. A côté de la petite rivière, près de la boutique, y a une église, c'est ça l'école ici.

— Tu y es allé tous ces jours, là-bas ? demanda Gros-Yeux incrédule.

— Non, y a un autre endroit où je vais, répondit le Pelé sans hésiter. Y a que moi qui y vais. C'est chez la Maigrichonne.

— La Maigrichonne, qui c'est ?

— Tu vas savoir. Si tu peux garder le secret, je t'emmène.

Ça tombait bien pour Gros-Yeux, car il en avait assez de rester sans rien faire. Il se leva d'un bond et se frotta les fesses pour en chasser le sable. Comme la fois précédente, le Pelé prit les devants. Parvenu au sommet de la colline, il se retourna un instant vers son aîné, puis s'engagea dans la direction opposée à celle des cabanes où ils habitaient. Ils traversèrent des champs de trèfles, de chiendents et de grands roseaux où gisaient çà et là des morceaux de ferraille et autres rebuts de chantiers de construction. Ils s'acheminèrent vers la pointe nord-ouest de l'Ile aux Fleurs. Au bord de l'eau, il y avait quelques tentes, des maisonnettes en parpaings et des serres.

En s'engageant dans une plantation de choux, ils déclenchèrent des aboiements puissants, secondés par des glapissements irréguliers. La porte d'une modeste construction en forme de cube s'ouvrit, et une femme, les cheveux ébouriffés, pointa le nez.

— Ah! voilà le tonton!

Elle devait avoir la trentaine. Vêtue d'une veste de randonnée bleue sur un pantalon de vieille, bouffant et bariolé, elle avait les cheveux hirsutes, échappant à des rouleaux de bigoudis trop serrés, hérissés comme ceux des électrocutés dans les bandes dessinées. Dans ses bras, elle tenait un chien maigrelet, pas plus gros que le poing, qui glapissait furieusement, au point qu'on aurait pu craindre pour sa gorge. Il n'était pas seul : derrière la porte entrebâillée, une dizaine d'autres chiens aboyaient à qui mieux mieux.

— Entre, entre, si on ferme la porte, ça va aller.

Gros-Yeux les suivit à l'intérieur. Le Pelé donna des caresses aux animaux l'un après l'autre. Puis il approcha sa main ouverte du petit roquet dans les bras de la femme. L'animal lui lécha la paume, et le calme revint.

— Assieds-toi. Lui, qui c'est? demanda la femme.

— Mon grand frère.

— Je savais pas que t'avais un frère.

— Il est tombé d'un camion poubelle, hi hi!

— C'est bien vrai, dans ces bennes, on trouve de tout, ha ha!

Pareil éclat de rire signifiait que la présence de Gros-Yeux ne posait pas de problème. Le Pelé prit le petit roquet des bras de la femme pour le poser sur ses genoux. Voulant faire preuve d'amabilité, Gros-Yeux tendit la main pour le caresser. L'animal poussa un bref gémissement et, tout à coup, mordit le dos de sa main. De surprise et de douleur, Gros-Yeux bondit sur ses pieds. Tous les autres chiens se cambrèrent, la queue entre les jambes, puis ils se remirent à aboyer en reculant.

— La Maigrichonne, ça suffit! gronda le Pelé en prenant l'animal par la nuque et en le secouant.

L'animal balança la queue et enfouit son museau entre les genoux du garçon. En tout autre endroit, il aurait été jeté à terre où il aurait reçu un coup de pied. La Maigrichonne se tut, et, chose étonnante, tous les autres chiens aussi.

— La Maigrichonne, hé! c'est le boss ici, expliqua le Pelé tout en chatouillant la chienne sous le ventre.

— C'est la plus âgée, ajouta la femme, et la première arrivée ici.

La chienne leva son regard vers elle comme si elle avait compris. Gros-Yeux savait maintenant pourquoi son ami appelait cette maison « chez la Maigrichonne ». Il apprit que ces chiens étaient vieux, qu'ils avaient tous plus de soixante ans à l'aune de l'âge humain et qu'aucun d'eux n'était en bonne santé. La Maigrichonne était un authentique chihuahua de plus de treize ans, les autres étaient issus de croisements divers. Poils longs, courts, frisés, pelage blanc, noir, brun, moucheté, truité, pattes longues ou courtes, museau allongé ou camus, chacun affichait des caractéristiques distinctes. L'un boitait d'une patte arrière, un autre d'une patte avant, tel autre avait eu deux pattes cassées, tel autre encore gardait une patte avant pliée sous le cou, il manquait la moitié d'une oreille à celui-ci, un œil à celui-là… toutes les infirmités possibles étaient rassemblées là.

— Tonton arrive au bon moment, on va leur donner à manger.

D'un rangement, la femme sortit un ensemble hétéroclite de récipients : couvercles de pots d'argile, bols de terre cuite, bassinets de maillechort, assiettes de porcelaine, soucoupes de plantes vertes, tout était bon pour servir d'écuelles. Elle les disposa, dans le couloir étroit couvert de linoléum qui servait de séjour et de cuisine entre les deux chambres. Puisant dans un sac de croquettes à l'aide d'une gourde, le Pelé servit les chiens. Les animaux se ruèrent sur les écuelles. Seule la Maigrichonne eut un traitement de faveur : un peu de riz mélangé avec des miettes de thon en conserve, servi dans une soucoupe en inox. La chienne se contenta de quelques bouchées.

— Elle est vieille et malade, fit le Pelé pour expliquer ce privilège. Elle ne mange qu'un tout petit peu de riz.

Pendant un moment, on n'entendit que le bruit des mâchonnements et le cliquetis des écuelles sur un fond d'aboiements provenant de la cour.

— Il faut leur donner à eux aussi, dit la femme.

Par la fenêtre, Gros-Yeux découvrit, dans un coin de la cour, une serre en plastique où s'agitaient d'autres bêtes.

— Hier soir, j'ai vu la famille Kim, de loin, dit-elle en se tournant vers le Pelé.

— Moi aussi, je les ai vus à la gorge, il y a quelques jours. Mais ils n'ont pas voulu me parler.

— Si elle se montre devant toi, c'est que toute la famille t'apprécie…

Une fois leur écuelle terminée, chacun des chiens jaugeait celle des autres, s'en approchait, allait s'asseoir plus loin en grognant. A la différence des animaux valides, ils n'étaient guère joueurs, condamnés qu'ils étaient à se traîner ou bien à sautiller sur trois pattes. La Maigrichonne leva à peine les yeux quand un autre chien vint finir son écuelle, puis elle se lova dans le giron du garçon. Elle poussa un long soupir, comme une grand-mère, puis regarda le nouveau venu de ses yeux ulcéreux.

— D'où ils viennent, tous ces chiens ? demanda ce dernier.

La femme échangea un regard avec le Pelé et tous deux sourirent. Gros-Yeux savait déjà, bien évidemment, que ces bêtes, si sales et si moches, elle ne les avait pas achetées. Le Pelé dit d'abord :

— Le papy du bric-à-brac, hé ! il ramasse tout.

Et la femme ajouta :

— Eux aussi, on les a jetés…

Au début, ils avaient gardé des chiens perdus ou abandonnés, juste un ou deux, que l'homme avait ramassés. Puis, quand les gens furent contraints de quitter la zone à cause d'un projet de réaménagement, nombreux furent les animaux abandonnés.

La femme souleva le couvercle d'un chaudron placé sur un bidon qui faisait office de fourneau.

— Ce sont les restes des restaurants.

Le père de la jeune femme, que le Pelé appelait « le papy du bric-à-brac », allait tous les trois ou quatre jours récupérer des restes de riz et de plats dans les restaurants en ville. La femme alluma le feu dans le bidon avec des morceaux de carton. En entendant leurs pas, les cabots, excités, recommencèrent à japper. Et lorsque le Pelé ouvrit la porte de la serre, les chiens se mirent à geindre et à sauter sur lui en balançant la queue. Trois ou quatre se jetèrent aussi sur Gros-Yeux, s'agrippant à ses reins ou lui léchant la main. Il y avait là une bonne trentaine d'animaux, certains de bonne taille, pas mieux portant que les autres à l'intérieur de la maison, tous vieux ou malades. La femme arriva avec une soupe faite de restes de repas qu'elle avait fait bouillir dans le chaudron, additionnée de croquettes : elle la partagea entre divers récipients de plastique que le Pelé et Gros-Yeux alignèrent dans la serre. Le repas des chiens servi, la femme, le Pelé et Gros-Yeux revinrent manger un *sujebi*[1] que leur hôtesse avait préparé.

Le Pelé et Gros-Yeux traînaillèrent tout l'après-midi dans les parages. Partout autour de la maison s'entassaient, dans une sorte de no man's land, des objets à recycler et déjà triés qu'avait accumulés le ferrailleur, homme d'une soixantaine d'années au crâne dégarni et au visage ceint d'une barbe blanche.

D'un côté, il y avait des réfrigérateurs et des machines à laver, d'un autre, des téléviseurs et des ordinateurs empilés les uns sur les autres comme les étages d'un immeuble : l'aire de travail où le bonhomme démontait les appareils était jonchée de débris de verre et de bouts de ferraille. Les bouteilles de bière, de *soju*, de coca ou de soda étaient rangées dans des casiers, les cartons ficelés à plat, les petits objets en plastique regroupés dans un grand bac en caoutchouc et dans des cartons, les gros, ficelés ensemble. Le vieil homme revenait en fin d'après-midi avec, dans la benne de son

---

1. *Sujebi* : soupe traditionnelle de pâtes à base de légumes divers et fruits de mer.

camion d'une tonne, un chargement qui, amarré par des cordes, dépassait de beaucoup la taille d'un homme. Il rachetait des objets triés par les collecteurs de terrain pour les revendre aux usines de recyclage ; il récupérait aussi, dans la zone réservée à la mairie, le gros électroménager réformé qu'il réduisait en pièces pour les revendre ensuite au prix du métal. Quand il entreprenait, tous les trois ou quatre jours, ce travail de désassemblage, les vieux ou les femmes du coin, libres l'après-midi, venaient lui donner un coup de main.

De ce jour, Gros-Yeux ressentit une certaine estime pour le Pelé. Dans l'esprit des adultes, les enfants de la décharge ne valaient pas beaucoup plus que la ferraille. Le Pelé, déficient mental et bègue, n'avait vraiment rien pour lui. Aux yeux des grands, occupés de l'aube au coucher du soleil sans une seconde à eux, les enfants ne constituaient que des entraves à leur travail. Gros-Yeux se disait que, sous ses apparences nunuches, le Pelé était peut-être bien quelqu'un d'intelligent et de généreux. Si avoir été gratifié par lui d'une visite à son quartier général n'était pas chose qui méritât beaucoup d'admiration (des QG comme le sien, il y en avait d'autres), le spectacle dont il avait été témoin chez la Maigrichonne était, en revanche, de nature à lui faire ravaler son sentiment de supériorité.

Au-delà de la cour de chez la Maigrichonne, occupée par la serre et l'aire de tri, s'étendait, jusqu'à la pointe ouest de l'Ile aux Fleurs, un fouillis de végétation de toute taille, des saules, des lespédèzes, des ormes, des mûriers, de l'aubépine ; sur la rive poussaient à hauteur d'homme du chiendent, des typhas, des roseaux. Quand le Pelé dit, en baissant la voix et avec une lueur étrange dans le regard, qu'ils iraient jusqu'à la gorge là-bas, de l'autre côté, là où le lit de la rivière se resserre, Gros-Yeux fit la moue. Avoir passé sa journée jusqu'à une heure avancée de l'après-midi sans rien faire commençait à lui peser.

— Hé! vaut mieux rentrer, ils vont nous chercher.

— Jusqu'à la tombée du jour, pas de problème. Mais bon, si tu y tiens, on peut rentrer.

Le Pelé retourna chez la Maigrichonne pour annoncer qu'ils partaient. Gros-Yeux l'avait suivi docilement. Soudain, une musique se fit entendre, et la femme, enlaçant sa poitrine dans ses bras croisés, rentra le cou dans les épaules, puis elle se mit à trembler de la tête aux pieds. Comme Gros-Yeux laissait errer son regard autour de lui, cherchant à comprendre, la femme, les dents serrées, désigna un endroit en pointant le menton :

— Là-bas, à l'intérieur…

Il entendait une chanson dont il conservait un vague souvenir. « Hé, toi, l'affamée, le laideron, tu dors encore quand le soleil est déjà haut dans le ciel, lève-toi vite, ding-deng-dong, ding-deng-dong. » Et la femme de tomber à la renverse, étendue de tout son long, les bras en croix, ses jambes battant l'air. Ses yeux révulsés ne laissaient paraître que le blanc, sa bouche écumait à la manière des crabes. Gros-Yeux se précipita dans l'autre pièce et réussit à arrêter la sonnerie de l'alarme. La femme, toujours affalée, battait le sol de ses pieds. Médusé, Gros-Yeux s'approcha de la porte, se baissa pour ramasser ses chaussures, prêt à décamper s'il le fallait.

— Qu'est-ce qu'elle a? demanda-t-il, apeuré.

Le Pelé, lui, avait conservé tout son calme. Après avoir calé un coussin plié en deux sous la tête de la femme, il répondit :

— C'est l'heure, hé !

Nul étonnement chez lui, il semblait bien connaître la situation, affichant même un sourire tranquille. Au bout d'un moment, la femme se releva, les cheveux dans le plus grand désordre. Elle fixait les deux garçons, donnant l'impression de ne les avoir jamais vus. Le Pelé s'adressa à son compagnon comme si de rien n'était :

— C'est arrivé plus tôt que d'habitude.

La femme sembla enfin reconnaître le Pelé :

— Toi, t'es l'oncle aux chiens, mais lui, qui c'est ? demanda-t-elle en se tournant vers Gros-Yeux.

— C'est mon grand frère, il est tombé d'un camion poubelle. Et toi, qui tu es ?

— Je suis la mémé du saule de la gorge.

— Comment une mémé peut être aussi jeune que toi ?

— Je suis une vieille fille, mais comme j'ai l'âge d'être grand-mère, on m'appelle mémé.

— Mais pourquoi tu es dans cette maison ?

— J'ai pris possession du corps de cette femme. Elle avait tant de soucis, elle m'appelait à l'aide.

Le Pelé accompagnait la femme dans son délire, il dialoguait très naturellement avec elle. Au bout d'un moment, l'expression du visage de cette dernière et sa voix avaient complètement changé. Elle sortit en se couvrant la tête de la capuche de son survêtement. Le Pelé et Gros-Yeux la suivirent. Abandonnant ses travaux dans la cour, son père avait compris ce qui se passait. Otant ses gants de coton, il s'approcha de sa fille. Il tendit la main, lui tapota la joue, souleva sa paupière.

— Voilà que ça t'arrive encore ! Pourtant, ça allait bien, ces derniers temps !

Sans repousser sa main, elle répondit gentiment :

— Je vais aller voir mes amis, après je te préparerai à manger.

— Tu devrais plutôt rester à la maison, reste avec eux et les chiens.

Ne l'écoutant pas, elle se mit en route d'une démarche malaisée en direction du bois, suivie des deux garçons. L'homme demanda dans leur dos :

— Surveillez-la, ne la laissez pas trop s'éloigner. Ramenez-la avant la nuit.

Après avoir traversé une lande couverte de vulpin et de ronces qui leur écorchaient les genoux, ils débouchèrent sur une garrigue où poussaient assez haut des roseaux. La femme avançait en écartant les herbes des deux mains. Le Pelé marchait à sa suite.

— Où va-t-elle, comme ça ? demanda Gros-Yeux en marquant le pas.

— On va à la gorge. C'est pas donné à tout le monde d'y aller, fit son jeune compagnon en se retournant.

Ça ne lui disait pas grand-chose de poursuivre, mais il se remit en route en écartant les roseaux qui lui caressaient les joues et lui piquaient les yeux. De grands arbres apparurent bientôt. Dans le sous-bois, il y avait ici et là des sablières. Ils atteignirent un petit pavillon à moitié en ruine : porte arrachée, tuiles en partie envolées découvrant la couche de terre mêlée à des tiges de sorgho séchées, étendue sur la charpente. Tout près, un arbre manifestement très vieux quoique peu élevé. Dans le tronc de la grosseur d'une brassée, une énorme cavité laissait voir, tout au fond, le bois en putréfaction. Pourtant, l'arbre n'était pas mort, des branches s'élançaient de toutes parts, prolongées par de fines ramures porteuses d'une multitude de petites feuilles vertes. Plus tard, Gros-Yeux apprendrait du ferrailleur que ce pavillon avait été la maison de la chamane de l'Ile aux Fleurs, et le vieux saule plusieurs fois centenaire, son arbre tutélaire. Le village ayant disparu, plus personne ne commandait de rites chamaniques, et la masure était tombée en ruine. Gros-Yeux comprit que cet endroit était un lieu encore plus génial que leur base à la tombée du jour. Du haut de cette colline à l'extrémité ouest de l'île, on pouvait contempler le coucher du soleil reflété dans l'eau du fleuve.

La femme tournait autour du pavillon les deux mains jointes, s'arrêtant ici ou là pour ranger côte à côte des morceaux de plancher arrachés à la masure.

« *Aigo!* puissent les gens vivre ensemble en famille sans jamais avoir à se quitter! » Elle priait à voix basse tout en poursuivant sa ronde et en ramassant les branches gisant entre les rochers. Elle les caressait de la main avant de les jeter plus loin dans les roseaux : « Que les chefs de famille soient forts pour que leur famille reste forte! »

Le Pelé marchait derrière elle avec un sourire béat, tandis que Gros-Yeux, un peu à l'écart, regardait tour à tour le *maru*[1] du pavillon, les tuiles cassées, la grosse pierre plate du seuil devant l'entrée, les rochers auxquels s'accrochaient du houblon sauvage et toutes ces plantes qui prospéraient dans les parages, commélyne, plantain, armoise, chénopode… Avec le soleil couchant derrière elle, la femme était devenue une ombre noire :

— Sais-tu qui je suis? demanda-t-elle.

— Tu es la mémé du saule, hi hi!

---

1. *Maru* : espace de plancher caractéristique de la maison traditionnelle, donnant sur la cour intérieure ou courant le long de la façade et des côtés.

Sans se laisser impressionner par leur dialogue, Gros-Yeux intervint :

— On nous a demandé de la ramener avant la nuit.

La maman de la Maigrichonne, songeait-il, perdait la tête, c'était une folle, mais il ne posa pas de question.

Le Pelé et Gros-Yeux la reconduisirent jusque chez elle. Son père, qui l'attendait, lui passa le bras autour de l'épaule. Les chiens les accueillirent avec de joyeux aboiements. L'obscurité était descendue sur le monde.

— Il va vraiment falloir faire un rite chamanique, grommela le ferrailleur.

— Elle n'est pas malade, objecta le Pelé.

— J'ai peur qu'elle s'en aille et se perde. Quand je pars au boulot, elle est toute seule. Venez la voir plus souvent, au moins vous serez là.

La femme semblait avoir retrouvé ses esprits. Elle alla préparer le dîner tandis que les deux jeunes garçons se mettaient en route pour rentrer. A la fin de cette journée, Gros-Yeux se trouva promu meilleur ami du Pelé. Si les autres jeunes avaient accès à leur QG, seul Gros-Yeux pouvait se targuer de connaître « chez la Maigrichonne ». Ils marchaient à travers des champs laissés en jachère qui, le long de la petite rivière, n'avaient pas encore été mangés par la décharge, plus à l'est.

— Faut dire à personne que t'as été là-bas, dit le Pelé d'un air grave.

— Bien sûr, ce sera un secret bien gardé, répondit, loyal, son ami.

Pour Gros-Yeux, il restait encore une chose pas très claire, qu'il aurait bien aimé élucider. Mais plutôt que de demander directement, il aborda la question de façon oblique :

— Les lueurs bleues dont tu parles, c'est pas la famille Kim?

— Chut! peut-être qu'ils sont par là.

Le Pelé avait baissé la voix, il regardait les champs autour de lui déjà à moitié noyés dans l'ombre.

— Tu dis que l'esprit du saule entre dans le corps de la femme?

— Ben oui!

Malgré son envie, Gros-Yeux n'osa pas lui dire qu'il était fou. En tout cas, pour lui, c'était la journée la plus amusante qu'il ait connue depuis longtemps. Et surtout, partager un secret avec le Pelé était un grand réconfort. Que ma mère couche avec l'Ashura, se dit-il, c'est son affaire : moi, je découvre un monde nouveau.

Ils étaient dans le champ de cacahuètes labouré lorsque quelqu'un surgit brusquement de l'obscurité devant eux.

— Hé! le Pelé!

Le Pelé n'eut pas le temps de s'échapper : deux garçons s'étaient jetés sur lui et l'immobilisaient fermement à terre. Gros-Yeux hésita à intervenir : il était face à un troisième larron, plus grand que les deux autres – mais tout grand qu'il était, il avait quand même presque une tête de moins que lui.

— C'est toi, le nouveau?

Gros-Yeux devina qu'il s'agissait de la Taupe. Il avait eu des informations à son sujet par son ami, il ne fallait pas qu'il se laisse impressionner par ce type!

— Content de te connaître, on m'appelle Gros-Yeux.

Les deux autres ricanèrent tandis que la Taupe lui demandait avec une grimace de mépris :

— Quel âge t'as ?

— Seize ans, fit-il en en ajoutant deux de plus comme il le faisait quand il habitait là-bas, sur le flanc de la montagne.

Le Pelé, cloué à terre, cria :

— Il travaille dans la section de mon père.

La Taupe se détendit, comme rassuré par ce qu'il venait d'entendre :

— En tout cas, moi, je suis arrivé là bien avant toi, alors je suis ton grand frère. Paraît que vous êtes allés dans notre QG sans ma permission ?

Gros-Yeux comprit pourquoi les autres avaient sauté sur le Pelé. Quelqu'un avait dû voir les deux amis se rendre à leur quartier général ou en revenir. En se disant qu'il n'était pas nécessaire d'être en mauvais terme avec la Taupe, il répondit avec un sourire :

— Le Pelé m'avait parlé de toi, on était allé te trouver.

— Pourquoi donc ?

— Pour faire connaissance – fallait pas ?

Gros-Yeux lui tendit la main à la manière des adultes, la Taupe pouffa en détournant la tête :

— Bon, ne chicanons pas…

La Taupe saisit du bout des doigts la main tendue, qu'il lâcha aussitôt. Déjà, l'ambiance était devenue moins belliqueuse. La Taupe se mit en route pour monter en direction du QG, les autres marchant derrière en ordre dispersé. Une fois arrivés, ils dressèrent la toile de tente, et la Taupe alluma deux bougies. Les autres déposèrent sur la table les sacs en plastique noir qu'ils avaient apportés.

— Y a de la rosée, fit la Taupe, on va se mouiller les fesses. Faudrait planter des piliers, faire un vrai toit.

La Taupe avait prévu de manger là avec ses compagnons. Il sortit le contenu des sacs. Les autres descendirent vers la rive avec des victuailles et des boîtes de conserve vides. Pendant ce temps, le Pelé prépara un feu en disposant des morceaux de carton dans un gros bidon d'huile. La Taupe demanda à Gros-Yeux, assis à l'écart :

— Gros-Yeux – c'est comme ça que tu t'appelles, hein ? –, tu pourrais pas nous faire un toit pour la prochaine fois ?

— Moi aussi, je me disais que ce serait mieux avec un vrai toit. Si tu me files un coup de main, ce sera fait demain ou après-demain.

— Moi, je suis occupé, je travaille avec les privés. Je vais te trouver des morceaux de bois, tu les monteras avec le Pelé, faut que ce soit beau, d'accord ?

Les autres revinrent avec les aliments préparés sur la rive. Le Pelé apporta de l'eau, ainsi que des poissons du marché coupés en deux longitudinalement et vidés. Gros-Yeux avait déjà, plus d'une fois, fait l'expérience que les aliments ou les boîtes dont la date de péremption était dépassée même de beaucoup étaient toujours très bons une fois bouillis avec de la pâte de piment ou de soja. Avec, en plus, des nouilles instantanées ou un peu de riz, même froid, on se les disputait. Sous la table, il y avait une casserole, des boîtes de conserve converties en bols, des baguettes de bois et des cuillers. Le Pelé continuait de s'occuper de son feu dans le bidon d'huile. Une odeur de plastique brûlé se répandit.

— Quel abruti ! Ça pue ! Il fallait bien nettoyer avant de faire du feu ! gronda la Taupe en filant un coup sur la tête du Pelé.

— Ça sent moins fort que dans notre quartier !

— C'est bien pour ça qu'on a fait notre QG ici ! insista la Taupe.

Il est bien vrai que, le jour où Gros-Yeux avait échoué dans cette île, si le Pelé ne l'avait pas amené ici, il aurait certainement voulu prendre la fuite tellement il se sentait perdu dans ce monde. Le Pelé s'écarta du feu avec une moue de mécontentement. Avoir été frappé à la tête l'avait mis en rogne. Les garnements dînèrent loin des adultes, loin du dépotoir et de ses essaims de mouches, sur l'herbe balayée par la brise qui montait du fleuve. Ils s'allongèrent sur la toile étalée par terre, la Taupe au centre. Les lampadaires, sur les rives, et les lumières de la ville, de l'autre côté, donnaient au ciel une teinte vaguement bleutée ; on apercevait quelques étoiles au firmament. La Taupe alluma une cigarette sortie d'on ne sait où, l'alluma et tira plusieurs bouffées avant de la passer à Gros-Yeux derrière lui, par-dessus sa tête :

— Allez, à toi !

Gros-Yeux hésita une seconde avant d'accepter. Dans son village, plus d'une fois ses aînés l'avaient invité à fumer. Chaque fois il avait refusé, s'attirant des commentaires ironiques : « T'es un petit gosse, si tu continues comme ça, t'auras jamais de poils ! » Il prit la cigarette, feignant l'expert, il aspira une goulée puis recracha négligemment la fumée. Si jamais il toussait, à coup sûr on le traiterait de tous les noms. Par chance, la Taupe, qui avait les yeux au ciel, ne vit pas à quel point il était novice en matière de tabac. Gros-Yeux aspira plusieurs fois, soufflant la fumée loin devant lui, puis il leva la main, proposant la cigarette à qui voulait bien la prendre. Celui qui était allongé à côté de lui, un nommé la Grenouille, la lui prit des doigts.

— C'est la fête de la Lune dans quelques jours, murmura la Taupe comme s'il se parlait à lui-même. Gros-Yeux demanda, intrigué :

— Ici aussi, on fait la fête de la Lune ?

— Oui, il y en a qui vont faire des rites pour les ancêtres, et d'autres qui vont aller s'amuser en ville.

— Où est-ce qu'ils vont ?

— De l'autre côté du fleuve, il y a tout, absolument tout, répondit la Taupe en se tournant vers Gros-Yeux.

Puis il ajouta :

— Je pense que je suis pas gagnant à faire copain-copain avec toi, mais bon, j'ai accepté. L'école de l'église, c'est pour les mouflets. Toi, tu vas nous faire un toit.

— D'accord. Juste une chose : je peux t'appeler la Taupe ?

— Putain, va falloir que je change de nom !

Finalement, l'épreuve d'admission au quartier général, que Gros-Yeux appréhendait un peu, s'était déroulée plutôt en douceur.

3

Commencé dès le petit matin, le tri des ordures acheminées du centre-ville et des quartiers commerçants s'était achevé, comme d'habitude, à neuf heures. Les bulldozers avaient nivelé les tas, et les camions, recouvert les détritus d'une couche de terre. Les employés avaient transporté leurs paniers remplis d'objets récupérés jusqu'à l'aire de tri. Au cours de la navette, ils avaient trié, pesé et fait enregistrer le produit de leur travail. Le chef avait noté, comme tous les jours, l'apport de chacun. Lorsque, tous les quinze jours, les matériaux étaient acheminés à l'usine de recyclage, on calculait le montant revenant à chaque groupe et chacun recevait son dû. A l'automne, les jours précédant la fête de la Lune, la quantité des déchets en provenance des centres commerciaux était plus volumineuse, tout comme celle des ordures ménagères des quartiers d'habitation. Mais là où il en arrivait des quantités vraiment énormes, c'était les deux ou trois jours qui suivaient la fête. Pour les travailleurs de la décharge, c'était un vrai pactole : les cartons et les feuilles de plastique qui avaient servi d'emballage aux cadeaux abondaient. On s'inquiétait même de savoir si l'on parviendrait à faire face et si l'on n'allait pas devoir passer toute la journée sur les tas d'ordures.

« Tu veux bien m'apporter de l'eau ? » demanda la mère à Gros-Yeux quand elle le vit approcher. Il prit un seau dans la cabane d'Ashura, laquelle servait maintenant d'habitat principal aux deux familles. Il aimait de moins en moins se mettre à table avec les autres pour prendre le petit déjeuner commun. Ashura était devenu tout naturellement le chef de famille et la mère de Gros-Yeux, sa petite femme docile. Il avait institué le déjeuner en famille le matin : tous les quatre devaient manger ensemble, la tête baissée sur un plateau de maillechort. Le Pelé allait rarement à l'école de l'église, sans que cela semblât beaucoup déranger son père. Bien qu'il ne fût pas autorisé à participer à la collecte proprement dite, il devait aider au regroupement des objets triés et porter les paniers. Mais s'il voulait, par caprice, aller à l'école, son père ne lui imposait pas de corvée, évitant de l'empêcher d'étudier. Gros-Yeux, lui non plus, ne travaillait pas aussi dur que sa mère. Si elle participait aux collectes du petit matin, de l'après-midi et du soir, lui ne manquait jamais les séances du petit matin, car les ordures du centre-ville et des quartiers commerçants étaient particulièrement riches, mais il se dispensait de prendre part aux fouilles de l'après-midi et à celles du soir dans les arrivages en provenance des quartiers d'habitation et des zones de construction. Ashura lui demandait d'aider sa mère le lundi, jour où la charge de travail était plus lourde, mais les autres jours de la semaine, s'il le voyait accompagner le Pelé à l'école, il n'y trouvait rien à redire.

Tandis que, en cette heure de la matinée, les femmes préparaient le repas, les enfants avaient couru à la rencontre du camion-citerne stationné à proximité de la petite boutique. Gros-Yeux faisait sagement la queue parmi tous ceux qui attendaient devant le camion, munis de récipients de toutes les couleurs. En contrebas de la boutique et du bureau de l'administration, se dressaient deux grandes tentes de l'armée et une bâtisse en préfabriqué, construite tout récemment en forme de demi-lune : c'était l'église. Dans la cour du bureau de l'administration, stationnait une grande quantité de voitures et de minibus, dont la carrosserie luisait au soleil. L'événement s'affichait aux yeux de tous sur de grandes banderoles aux couleurs voyantes. Un haut-parleur juché sur le toit de l'église diffusait de très cérémonieux cantiques. Vint le tour de Gros-Yeux. Il s'éloigna du camion, soulevant son seau plein à deux mains. Il marchait avec peine, posait de temps en temps son fardeau pour reprendre son souffle. A la hauteur de la boutique, il aperçut dans la foule la casquette de son ami.

— Hé ! le Pelé !

Le jeune garçon courut à la rencontre de Gros-Yeux, enchanté de le trouver là.

— T'es venu chercher de l'eau ?

— Comme tu vois. Où tu vas comme ça alors qu'on n'a même pas encore pris le petit déjeuner ?

— A l'église. On va nous donner des gâteaux de riz et des *ramen*.

— C'est vrai ? Je peux aller avec toi ?

— Oui, tous les jeunes du quartier, i'peuvent venir, hé !

— Bon, je vais vite porter mon seau et on ira ensemble.

Bien que marchant lentement, les deux gamins arrivèrent à bon port plus tôt que prévu grâce à l'aide apportée à Gros-Yeux par son compagnon. La mère les accueillit en leur prenant le récipient des mains.

— Vous vous y êtes mis à deux aujourd'hui !

Quand ils firent savoir qu'ils allaient repartir aussitôt, la mère ajouta :

— Vous ne mangez pas ici ? Le chef va vous gronder !

— On va l'église, expliqua Gros-Yeux, i'paraît qu'on donne des gâteaux de riz et des *ramen*.

— Des *ramen* ? Dans ce cas, allez-y vite, fit la mère, heureuse d'apprendre la bonne nouvelle, il faut en profiter !

Gros-Yeux et le Pelé dévalèrent les ruelles étroites, passèrent devant la modeste boutique et arrivèrent devant l'église. Sur un fond de chants religieux, les haut-parleurs fichés sur le toit en rotonde de l'oratoire en préfabriqué amplifiaient les vociférations d'un prédicateur.

— C'est l'office, expliqua le Pelé. Quand ils en auront fini avec tout ce tintouin, ils nous donneront.

Lui, il savait comment les choses se passaient. Gros-Yeux suivit son copain jusqu'aux tentes de l'armée. Comme il était venu le chercher là quelque temps plus tôt, il savait qu'une tente était réservée à l'école maternelle, l'autre à l'école élémentaire. Dans la première, dont le sol était recouvert d'une grande feuille de polyéthylène, il y avait des étagères encombrées de jouets de pacotille en vrac. Dans l'école élémentaire, il y avait des pupitres et des chaises dans un état misérable et un tableau noir à roulettes. Les gamins s'attardaient surtout devant l'école maternelle où avaient été entreposés des cartons de *ramen* et des repas conditionnés dans des boîtes en polystyrène. Une jeune femme et un jeune homme étaient occupés à accrocher une banderole :

« Association des fidèles de l'église Paradis pour l'évangélisation ». Le Pelé et Gros-Yeux décidèrent d'attendre dehors.

Les gens commencèrent à sortir de l'église. L'office venait sans doute de se terminer. Les enfants puis les enseignants bénévoles parurent d'abord, suivis d'un pasteur aux cheveux grisonnants en costume-cravate et du prédicateur en combinaison de travail. Puis vinrent les femmes. Elles n'étaient manifestement pas d'ici : le visage tout blanc de fard, elles portaient des robes colorées, parfois un pull ou une gabardine, certaines avaient même un chapeau, quelques-unes étaient en tailleur. Plusieurs étaient accompagnées de leur progéniture. Tous ces gens formaient un groupe d'une trentaine de personnes.

— Mesdames et messieurs, s'il vous plaît ! On va faire la photo. Monsieur le pasteur, les anciens, madame la présidente de l'association, monsieur le prédicateur, par ici s'il vous plaît !

A l'appel d'une jeune femme munie d'un appareil photo, tout le monde s'aligna sous la banderole. Les enfants prirent place sagement à côté de leur maman. La plupart des femmes étaient d'âge moyen. Les rangs, une fois constitués, donnèrent l'impression de dégager de la lumière et un parfum de jardin en fleurs. La photo officielle prise, son appareil suspendu à son cou, la photographe cria à l'adresse des enfants restés dehors :

— Hé ! les enfants, venez par ici !

Les gosses se ruèrent sous la tente. Mais le prédicateur qui était resté à côté du pasteur levait la main pour leur barrer la route :

— Les élèves du primaire, vous restez là ! Vous, les petits de la maternelle, entrez, venez vous asseoir ici.

Les grands se dégagèrent du groupe les uns après les autres. Gros-Yeux et le Pelé s'éloignèrent à reculons. Les enfants de l'école maternelle entrèrent, guidés par la maîtresse qui les fit s'asseoir aux pieds des adultes. La présidente de l'association des fidèles quitta son rang pour venir prendre place devant, parmi eux ; elle prit un bambin de quatre ans sur ses genoux. Les autres femmes, alors, se disputèrent les autres gamins pour faire de même. Le tableau accusait un tel contraste entre la tenue soignée des adultes et l'accoutrement des enfants accroupis dans leur giron qu'on aurait cru assister au tournage d'un documentaire sur les explorateurs dans la jungle. Gros-Yeux eut l'impression de recevoir une balle en pleine poitrine. La scène tout entière lui sembla sombrer dans l'obscurité, à l'exclusion d'une zone précise, là où se trouvait une jeune fille de bonne famille, aux cheveux mi-longs qui, épousant la courbe de ses joues, fléchissaient sur ses épaules ; elle avait les traits fins, la peau claire, les lèvres luisantes ; elle portait un uniforme chocolat sombre. La dame qui l'enlaçait d'un bras était sans doute sa mère. Elle devait avoir le même âge que lui, peut-être un an ou deux de plus.

Gros-Yeux se rappela son village de naguère. Quand il en descendait, il débouchait sur un quartier tout à fait différent du sien, de l'autre côté d'une passerelle. C'était un quartier résidentiel pour classes moyennes, où chaque maison disposait d'un jardin arboré et fleuri. En s'aventurant un peu plus loin, il abordait une colline couverte d'arbres, l'unique parc forestier des parages. Et, au-delà, se trouvait le quartier huppé avec, à chaque coin des rues tracées au cordeau, un poste de garde. C'est sur la passerelle que Gros-Yeux avait, un jour, rencontré une jeune fille. Il venait du marché, à deux ou trois stations de là ; elle devait rentrer de l'école. D'après son uniforme, elle était au collège. Il y avait du monde sur cette passerelle, mais il était seul avec elle. Au milieu de tous ces gens qui se croisaient là, il s'avançait en face d'elle qui approchait. Sa mémoire s'était arrêtée sur ce moment-là. Par la suite, il avait erré autour de la passerelle aux heures où il espérait la voir passer. Il lui était arrivé encore une fois de se trouver sur son chemin. Il l'avait vue descendre du bus et s'engager dans l'escalier conduisant à la passerelle. Alors, il s'était précipité pour escalader les marches de l'autre côté. Cette fois-là, il n'y avait personne d'autre qu'un homme en costume-cravate marchant à larges enjambées avec une grande enveloppe à la main, et elle, qui venait à sa rencontre d'un pas régulier. Un tout petit grain de beauté sur une joue, de minuscules barrettes dans les cheveux… il avait pu la voir de tout près. Elle était passée à quelques centimètres en portant sur lui un regard distrait, comme elle l'eût fait sur un panneau indicateur ou sur la balustrade. Il n'avait pas osé se retourner avant d'avoir atteint l'extrémité de la passerelle. Au moment où elle allait s'engager dans l'escalier opposé, il se lança à sa poursuite. Mais il s'arrêta aussitôt : « Attends voir, comment on m'appelait déjà à l'école ? Jeongho, Choi Jeongho… » C'est en murmurant ce nom qu'il s'était remis en marche… en direction de son village à flanc de colline. Longtemps plus tard, alors que la saison avait changé – il portait un blouson de velours côtelé, ce devait être l'hiver –, il avait revu la jeune fille à la même heure, au pied de la passerelle où il avait l'habitude de la guetter. Cette fois, au lieu de traverser, il l'avait attendue et, quand elle était arrivée en bas, il l'avait suivie, de loin. Elle avait pris la direction du beau quartier de l'autre côté du parc. Une fois passé le poste du gardien, elle avait disparu derrière une porte métallique à laquelle donnaient accès quelques marches d'escalier. Il s'était arrêté pour tenter d'apercevoir ce qu'il y avait derrière l'immense mur d'enceinte. Un gardien en uniforme bleu nuit s'était approché sans hâte et, l'attrapant au collet :

— Qu'est-ce que tu fais ici ? lui avait-il demandé.

— Rien.

— T'habites où ?

— De l'autre côté.

Après l'avoir examiné de haut en bas, l'homme lui avait conseillé :

— Rentre vite chez toi.

A ce moment, Gros-Yeux avait songé à son père. « Est-ce qu'il est venu un jour enlever les portes de fonte de ces maisons ? »

La photo de groupe enfin faite, il fallut poser encore pour immortaliser la donation des cinq cents cartons de *ramen* offerts par l'Association des fidèles de l'église Paradis. La présidente de l'association et le prédicateur souriaient, portant ensemble un même carton. Beaucoup de participantes avaient un appareil photo, et chacune prenait un cliché, puis c'était le tour d'une autre, et d'une autre encore. Les dames, tout en posant, offrant tantôt un profil tantôt l'autre, s'abritaient le nez derrière leur main tandis que la photographe officielle, armée d'une bombe aérosol, lançait des giclées de déodorant dans l'air, à droite, à gauche, comme si elle faisait la chasse aux moustiques avec un insecticide. Les gens d'ici ne sentaient rien tant ils étaient habitués à l'odeur, mais les grands disaient qu'ils avaient beau se laver et se changer quand ils allaient en ville les jours de marché ou qu'ils entraient dans quelque endroit clos, les autres se couvraient quand même le nez en se tournant de côté et d'autre pour identifier le foyer de l'infection.

Des événements de ce genre, il y en avait souvent à l'église de l'Ile aux Fleurs, car c'était un lieu de culte tout nouveau, où convergeaient les habitants des quartiers résidentiels. Les croyants venaient découvrir l'endroit, et les donations arrivaient de partout à l'occasion des fêtes. Les organisations caritatives multipliaient leurs visites, les fonctionnaires de la mairie et même des députés venaient en personne au bureau de l'administration pour y déposer leurs dons. Certaines cérémonies étaient réservées aux adultes, mais le plus souvent les enfants et les employés de la décharge étaient conviés ensemble.

Vint enfin le moment de la distribution. Les enfants firent la queue sur deux rangs distincts, d'un côté les élèves de la maternelle, de l'autre, ceux de l'école primaire. Les premiers étaient, en général, accompagnés de leur maman ; pour ceux qui étaient seuls, il était prévu que quelqu'un irait porter les cadeaux chez eux après avoir noté leur adresse. Gros-Yeux et le Pelé se trouvaient au milieu de leur rang. A ce moment, Gros-Yeux aperçut la fille et sa mère qui faisaient face à la file. La mère distribuait les cartons de *ramen*, tandis que sa fille remettait à chacun une boîte-repas. Bien sûr, ce n'était pas celle qu'il avait suivie autrefois. Pourtant, il ressentait, à la voir, la même sensation que celle dont il avait été saisi, par le passé, face à celle qui habitait dans une belle maison à l'orée du bois et dont il guettait le passage au pied de la passerelle. Paralysé par une indéfinissable anxiété, il fut pris d'une envie pressante d'aller pisser, il sentait son cœur battre violemment. Pour un peu, il aurait abandonné sa place dans la queue, il se serait enfui, mais c'était trop tard : déjà il se trouvait sous la tente et son tour était imminent. Il ne pouvait que marcher sur les talons de celui qui le précédait et avancer inéluctablement vers la table de distribution. Chacun recevait un petit carton de *ramen* et une boîte-repas en polystyrène. Estimant, au vu de la quantité entassée devant et derrière la table, qu'il y en avait pour tout le monde, les enfants se comportaient dignement. Le Pelé reçut sa part. Puis ce fut le tour de Gros-Yeux. Le voici planté devant la dame en tailleur et collier de perles, faisant face à sa fille fluette, à la peau si blanche. La mère lui tend un carton de *ramen*, sa fille, une boîte-repas. En voyant cette dernière lui adresser un sourire, il sentit ses jambes mollir. Le prédicateur, debout derrière elles, intervint :

— Tiens, j'ai pas l'impression de t'avoir déjà vu, toi.

— Je viens d'arriver.

— Alors, tu ne manqueras pas de venir à l'église.

Gros-Yeux fit oui d'une toute petite voix à peine audible. Ecarlate, il tourna les talons. Déjà dehors avec les autres, le Pelé l'interpellait :

— T'as failli rien recevoir ?

— Ça me fout les boules, j'ai honte…

Par peur d'être intercepté, il se mit en route d'un pas rapide, devançant son copain. Les autres s'étaient éloignés de la tente pour enlever l'élastique de leur boîte-repas et plonger les dents dans les gâteaux de riz préparés spécialement à l'occasion de la fête de la Lune d'automne, et humer cette bonne odeur d'huile de sésame. A mi-chemin, avec leur carton de *ramen* et leur boîte-repas dans les bras, ils virent débouler les femmes qui, mises tardivement au courant de la distribution, se dépêchaient de s'y rendre à leur tour avec leur progéniture. L'une d'elles, en jetant des regards curieux sur les paquets que portaient les deux garçons, leur demanda :

— Elle est terminée, la distribution ?

Le Pelé répondit en levant le bras au-dessus de sa tête :

— Bien sûr que non, y en a encore toute une montagne.

Gros-Yeux se sentait humilié, affreusement honteux, aussi bien pour les gens qu'il voyait se ruer à la distribution que pour lui-même. « Ouais ! aujourd'hui, je me suis fait enculer ! » Alors qu'ils parvenaient aux premières cabanes, en soulevant le couvercle de sa boîte-repas, son compagnon demanda :

— Dis, on pourrait pas en manger juste un tout petit peu ?

Gros-Yeux répondit gentiment :

— On va apporter un lot à la maison, le tien ou le mien peu importe, et on gardera l'autre pour le manger au QG.

— Au QG ? Bonne idée !

Approuvant en balançant la tête, il ajouta :

— Si on rapportait tout ça à la maison, mon père boufferait tout avec ses copains, avec du *soju*.

Quand ils arrivèrent devant chez eux, ils entendirent la voix déjà avinée d'Ashura :

— On en a fini pour aujourd'hui, faut partager à égalité, bien sûr.

Le Pelé cligna de l'œil pendant que Gros-Yeux ouvrait délicatement la porte de la cabane d'à côté, un doigt sur ses lèvres. Cette seconde cabane était devenue leur chez eux à tous les deux. Gros-Yeux glissa son carton de nouilles sous la couverture pliée, puis, d'un signe du menton, enjoignit à son copain de porter sa boîte-repas dans l'autre cabane.

— Ça tombe bien, j'étais en train de préparer la table… fit la mère, contente de voir arriver les deux garçons.

Ashura les regardait d'un air dubitatif :

— Qu'est-ce que vous ramenez là ?

— On nous a distribué ça à l'école, hé !

— A l'église ?

— Ben oui, c'est ces dames de la haute qui viennent faire des photos, répondit la mère.

Elle qui avait été élevée dans un orphelinat, elle savait de quoi il s'agissait.

Ouvrant la boîte-repas, le Pelé se fourra un gâteau de riz à l'armoise dans la bouche.

— On mange d'abord du riz, petit mal élevé ! fit Ashura en filant une gifle à son fils.

Alors la mère :

— Laisse donc, c'est la fête de la Lune, faut bien qu'il en profite.

La mère prit un autre gâteau pour le glisser dans la bouche d'Ashura, puis, se tournant vers son fils, elle en prit deux autres, un pour lui et un pour elle.

— Ici, on ne peut pas faire de gâteaux de riz, dit-elle pendant que chacun mâchonnait, il faut vous contenter de ceux-là, je suis désolée… Bon, qu'est-ce que ça veut dire, qu'on nous achète tout ?

— Je t'ai déjà dit, lui répondit Ashura, comme c'est la fête, ils vont racheter tout en bloc aux indépendants, alors j'ai demandé qu'ils fassent pareil pour la concession municipale, que les parts soient égales. On a fait la demande au bureau, officiellement. Cet après-midi, on travaille pas, par contre, y aura une vente collective.

— Chouette! c'est bien, tout ça!

La mère était contente, mais le Pelé faisait encore la moue à cause de la claque qu'il venait de recevoir, tandis que Gros-Yeux enfournait tranquillement des gâteaux de riz. Alors que la mère servait la soupe à la pâte de soja et au *kimchi* qu'elle avait préparée, la fenêtre de plastique de leur cabane se mit soudainement à trembler sous l'effet d'un énorme vrombissement. Ashura, qui venait d'avaler une première cuillerée de riz, gronda :

— Putain, faut qu'i'viennent faire ça quand on mange!

La mère ferma la porte en crochetant le cadenas, puis descendit la seconde feuille de plastique devant la fenêtre.

— Allez, dépêchons-nous.

Les deux garçons savaient de quoi il s'agissait. Ils mouraient d'envie de sortir après avoir vidé leur bol de riz. Deux fois par mois, l'hélicoptère de la mairie centrale venait désinfecter l'Ile aux Fleurs. En plus, deux fois par jour, après avoir retourné la terre, un tracteur aspergeait le sol d'insecticide. Sans ces précautions, les employés n'auraient pas pu travailler à cause des nuées de mouches. Dans l'ancien village de Gros-Yeux, un camion passait parfois en pulvérisant un insecticide dans les rues, mais tout le monde savait que les moustiques se débrouillaient pour échapper à la fumigation. Tandis qu'ici, le poison était largué par un hélicoptère sous la forme d'un brouillard épais, et on voyait les mouches tomber comme de la grêle. Au début, les collecteurs avaient apprécié ce service, mais maintenant ils couraient se réfugier dans leur cabane avec leur masque sur le visage. A mesure que l'hélicoptère tournait, l'odeur infecte du poison s'intensifiait. Les enfants terminèrent leur repas à la va-vite et se jetèrent dehors pour voir l'hélicoptère d'aussi près que possible. Ashura eut beau leur crier de rester, ils n'entendirent pas. Les toits et les chemins du village étaient tout couverts de mouches noires mortes. Seuls les enfants couraient dehors. Tout excités, ils se ruaient vers l'aire de tri d'où ils avaient une vue sur toute l'étendue de la décharge. L'hélicoptère, suspendu à sept ou huit mètres au-dessus du sol, continuait d'asperger de tous les côtés. Les gosses pouvaient voir nettement le pilote et son coéquipier. Ce dernier, un fonctionnaire responsable de l'assainissement, muni d'un masque à gaz en plus de son casque, agitait le bras pour intimer aux enfants l'ordre de s'éloigner. Mais eux, ils poussaient des hourras en faisant de grands signes de la main, tandis que l'homme balançait des canettes, leur criant de ne pas approcher :

— Hé ! les mômes ! vous voulez vous faire désinfecter ?

*

Le soir, on allumait des feux dans les aires de collecte vides des différentes sections. On faisait griller toutes sortes de viandes et mijoter des soupes sur des braseros de fortune faits de bidons coupés par le milieu. A l'approche de la fête de la Lune, il y avait abondance de produits alimentaires périmés : on s'en mettait plein la panse. Les gens avaient rempli leur réfrigérateur deux ou trois jours avant la fête, et maintenant, parce qu'ils en avaient accumulé en excès, parce qu'ils n'arrivaient pas à venir à bout de leurs provisions et que tout cela traînait dans leur frigo, ils jetaient quantité de nourriture encore valide. Riz congelé dans des sacs de cellophane, huîtres sans coquille baignant dans des sachets en plastique pleins d'eau, poissons séchés, viande congelée, chou encore frais pour peu qu'on écarte les premières feuilles, têtes, queues et entrailles de poissons, maquereaux entiers qui n'avaient pas trouvé preneur au marché… tout cela donnait à ces quelques soirs des airs de fête pour les gens de l'Ile aux Fleurs.

Le jour de la fête, on organisait une modeste cérémonie dédiée aux ancêtres. Ceux du village d'en bas, près de la petite rivière, disposaient sur l'autel les offrandes, fruits et gâteaux, qu'ils avaient achetées en ville. Ceux de l'île trouvaient à la boutique, à l'occasion de la fête, un peu de viande pour la soupe et des gâteaux de riz – ils n'auraient tout de même pas osé présenter aux ancêtres des denrées de récupération.

Ashura passait ses soirées à boire avec ses copains dans les aires de collecte, tout comme les autres jours. Ce soir-là, il était rentré assez tard, alors que le calme était revenu depuis un bon moment sur l'île. Gros-Yeux fut réveillé par quelqu'un qui se soulageait tout à côté de sa cabane. « Quel voyou ! pensait-il. Il pourrait quand même aller pisser un peu plus loin ! » Il entendit ensuite Ashura pousser la porte de la cabane voisine en éructant bruyamment à plusieurs reprises. Il avait sans doute bu plus que de raison. La voix stridente de la mère retentit :

— Qu'est-ce que tu fous là ?

— Espèce de salope, tu te prends donc pour ma femme, hein ? Moi, oui, je bosse, tu le vois pas ?

— Alors, l'argent que t'as gagné, donne-le! Tu bois, tu joues avec, je le sais bien!

Voyant que le Pelé était lui aussi réveillé, Gros-Yeux lui chuchota :

— Dis, si on allait au QG?

Ils s'habillèrent en silence, Gros-Yeux plia le plaid qu'il utilisait moitié comme matelas, moitié comme couverture, et le prit sous le bras. Le Pelé fit de même. Ils quittèrent précautionneusement le quartier des cabanes, laissant derrière eux la succession des toits bas d'où s'échappaient ici une quinte de toux, là des pleurs d'enfants, plus loin une dispute. La lune accrochée en plein milieu du ciel éclairait timidement les champs et le fleuve. Le sommet de la colline franchie, les deux gamins descendirent en direction de la berge. Alors qu'ils passaient près des champs d'arachide, le Pelé s'accroupit subitement, imité par Gros-Yeux qui, se gardant cette fois de grommeler, demanda à voix basse à son copain :

— C'est de quel côté?

Le Pelé, sans un mot, montra un point de la berge, à droite. Gros-Yeux plissait les yeux, scrutait les roseaux à l'ouest du fleuve. Il aperçut alors, d'abord, une petite lueur bleue, puis une deuxième, puis une autre et encore une autre… qui se déplaçaient lentement. Elles s'éloignaient du fleuve en se mouvant tantôt lentement, tantôt rapidement, parfois s'arrêtant. Puis elles disparurent en un clin d'œil. Avalant sa salive, le Pelé demanda à son copain :

— Dis, t'as vu?

— Oui, fit Gros-Yeux en avalant sa salive à son tour. Son copain ne lui racontait donc pas de salade. Cela ne ressemblait pas à un ver luisant, c'était plus grand et ça se déplaçait sans brusquerie.

— C'est donc eux ? demanda Gros-Yeux, se souvenant que la maman de la Maigrichonne les appelait « la famille Kim ».

— Eh oui…

Le Pelé gardait les yeux fixés sur le champ de roseaux où les lueurs avaient disparu. En tirant son compagnon par la manche, Gros-Yeux suggéra :

— Viens, on va aller voir.

— Faut pas leur faire peur.

Repoussant la main de son aîné, le Pelé se remit en route en direction de leur QG. Gros-Yeux le suivait tout en continuant de regarder en arrière. Tous deux avaient passé leur journée à construire un semblant de toit avec les matériaux que la Taupe avait, promesse tenue, fait acheminer : des rondins, des cartons et des feuilles de plastique. A l'aide d'un briquet qu'il trouva en tâtonnant sur la table, le Pelé alluma une bougie. Leur quartier général avait pris un aspect assez cosy, même plus intime que leur cabane là-haut. Surtout, ils ne risquaient plus d'entendre les adultes couinant leurs chansons d'ivrognes – des cris de cochons qu'on égorge ! –, ni leurs ricanements ni leurs querelles. Le bruit de la circulation leur parvenait, feutré, depuis la route. La puanteur de la décharge ne venait pas jusquelà, ils pouvaient respirer à pleins poumons. Les deux gamins étendirent leurs plaids pour se coucher. Ils disposaient de beaucoup plus de place ici que dans leur cabane. Toute la bande pourrait y dormir.

— On est bien ! murmura Gros-Yeux.

— Hé, grand frère, on pourrait pas vivre ici, entre nous ?

— On est pas assez grands, toi et moi, ils nous laisseraient pas faire…

Gros-Yeux se souvenait que, naguère, dans son village, quand des enfants se retrouvaient seuls parce que les parents étaient morts, ou qu'ils s'étaient séparés en les abandonnant, les gens de la mairie ou la police venaient les récupérer. Il avait souvent entendu sa mère jurer en l'enlaçant, après la disparition de son père : « Non, mon fils, jamais je ne l'enverrai à l'orphelinat ! » Quoi que disent les gens à leur propos, qu'ils habitent ici ou là lui importait peu… Mais pourquoi donc s'était-il senti si misérable quand il avait croisé le regard de la jeune fille en uniforme ?

— On éteint ? proposa le Pelé.

Relevant la tête, Gros-Yeux souffla la bougie sur la table. Profonde était l'obscurité, mais bientôt la lune éclaira, d'abord, la porte de plastique, puis tout l'intérieur. Alors que le sommeil les gagnait, une toux retentit dehors. Tendant l'oreille, Gros-Yeux se redressa. On toussa de nouveau.

— Qui c'est ? demanda-t-il.

Le Pelé se réveilla à son tour. Tous deux se levèrent. La curiosité plus que la peur animait Gros-Yeux. Il sortit en poussant la porte, son copain derrière lui. Il regarda tout autour de leur base : il n'y avait rien d'autre que les rayons de la lune. Il se retournait pour rentrer quand le Pelé pointa le doigt :

— Y a pas quelqu'un qui vient ?

En effet, une ombre montait depuis la berge du fleuve. Le Pelé se colla contre le dos de Gros-Yeux. Un enfant s'approchait. Il s'arrêta à une certaine distance. Gros-Yeux fit quelques pas en avant :

— T'es de chez les Kim ? Viens, y a que nous.

L'enfant vint plus près. Gros-Yeux pouvait maintenant distinguer ses traits. C'était un garçon à peu près de leur âge, il avait les cheveux longs et ébouriffés et portait un tee-shirt et un jean coupé en bas pour l'ajuster à sa taille : il était en tout point semblable aux jeunes du village de la décharge. L'enfant s'approcha encore :

— Moi, je vous connais. C'est mon grand-père qui m'a dit de venir vous voir.

Gros-Yeux comprit que l'homme qui tournait autour de leur QG en toussotant, c'était lui, le grand-père du gamin.

— Qu'est-ce qu'il y a ? T'as quelque chose à demander ?

— Des gens chez moi sont malades. Il faudrait qu'ils mangent quelque chose.

— Quelque chose de spécial ? demanda Gros-Yeux. On peut trouver. Tu sais, au dépotoir, on trouve de tout.

— De la gelée de farine de sarrasin, répondit le jeune garçon après une brève hésitation.

Gros-Yeux et le Pelé se regardèrent, surpris par une demande aussi inattendue :

— Bon, on va essayer de te trouver ça, fit Gros-Yeux en hochant la tête.

L'enfant s'inclina très bas, courbant le dos :

— Merci.

— Mais il est exactement comme nous ! s'exclama Gros-Yeux.

L'enfant eut un petit rire discret :

— C'est parce que je vis jamais bien loin de vous.

Le Pelé demanda :

— Nous, on vit en fouillant dans les ordures. Chez toi, qu'est-ce qu'on fait ?

— De l'agriculture, mais c'est devenu beaucoup plus difficile qu'avant.

— Les champs là-bas, ce sont les paysans du village près de la petite rivière qui s'en occupent, vous en faites partie?

L'enfant rit encore, puis, avec un large geste du bras :

— Avant, c'est nous qui travaillions partout là-bas. Maintenant, c'est pas facile à cause du dépotoir… Mon grand-père, il dit que, petit à petit, on regagnera notre terre, on travaillera comme avant quand les gens seront tous partis.

— T'en fais pas. On va te trouver de la gelée de farine de sarrasin.

— Oui, on s'en occupe, conclurent Gros-Yeux et le Pelé l'un après l'autre.

Le gamin redescendit vers la berge, devenant tout petit avant de disparaître totalement. Gros-Yeux et le Pelé sentaient leur cœur battre, ils avaient les jambes en coton, leurs forces les avaient abandonnés.

— C'est un fantôme, dit Gros-Yeux, tu crois pas?

— En tout cas, répondit le Pelé, il vit pas loin de nous, c'est ce qu'il a dit.

Gros-Yeux avait noté lui aussi cette remarque ; il n'avait pas peur, il était juste étonné. Il avait le sentiment, sans en comprendre la raison, que le gamin était dans une situation encore plus misérable que la sienne. Tous deux rentrèrent dans leur QG pour s'étendre. Déjà la lune avait décliné vers l'ouest.

*

Le lendemain matin, ils se réveillèrent dans la grisaille : le brouillard monté du fleuve noyait la moitié de l'île. Il faisait froid et humide. Les deux gamins avaient dormi, jambes repliées, en se serrant l'un contre l'autre. C'est le froid, sans doute, qui les avait tirés de leur sommeil. Gros-Yeux repoussa de ses fesses le Pelé collé contre son dos :

— Dis, on va rentrer.

— Non, j'ai pas envie.

— On a oublié les *ramen*, il faut aller les récupérer.

— Ah oui, les *ramen* ! s'exclama le Pelé en enfonçant sa casquette sur son crâne et en bondissant sur ses pieds.

Ils se mirent en route, dans le brouillard. Le Pelé marchait devant. Au bout d'un moment, il demanda, soucieux :

— Grand frère, comment on va faire pour trouver de la gelée de farine de sarrasin ?

— Moi aussi, je me demande bien comment on va faire. A la boutique, ils n'ont que du tofu et des pousses de soja, je crois.

— Si on demandait à ta mère ?

Gros-Yeux avait déjà levé la main, prêt à l'abattre sur la tête de son copain :

— Surtout pas ! Faut parler de ça à personne. Pas même à la Taupe. Personne !

— ... mais la maman de la Maigrichonne, protesta le Pelé, elle est déjà au courant, elle !

Gros-Yeux approuva en pointant le doigt vers le visage de son copain :

— Voilà ! c'est à elle qu'il faut en parler !

S'étant approchés sans bruit de leur cabane, ils se glissèrent à l'intérieur en veillant à ne pas alerter les adultes. Eux qui la veille au soir s'engueulaient maintenant roucoulaient et gloussaient gentiment.

La voix d'Ashura retentit :

— Vous êtes là ?

Le Pelé rentra le cou dans les épaules, faisant des yeux tout ronds.

— Je t'avais dit de faire attention en fermant la porte… chuchota Gros-Yeux.

Les deux gamins ne purent faire autrement que d'entrer chez Ashura. L'homme haussa le ton, feignant une colère que son visage démentait :

— Dites donc, vous êtes pas bien grands, et déjà vous couchez dehors ? Où est-ce que vous avez glandé toute la nuit ?

— On a dormi dans une cabane vide par là-bas…

Ashura sembla accepter l'excuse, tandis que la mère lui adressait un regard lourd de reproches :

— Tu les fais fuir en faisant du tapage et ensuite tu les grondes !… Venez, les enfants, on va manger. J'ai préparé une soupe d'algues à la viande de bœuf.

Ashura partit d'un grand éclat de rire, le menton au plafond, puis il tira de la poche arrière de son pantalon deux billets qu'il tendit, l'un à son fils, l'autre à Gros-Yeux.

— Nous, on va prendre l'air avec les gens de la section. Vous serez sages, allez vous acheter des friandises.

Gros-Yeux et le Pelé avalèrent leur repas sans lever les yeux de la table : riz fumant, soupe d'algues au bœuf, *kimchi* de navets, poisson-sabre grillé – une table digne des ménages ordinaires.

Quand les adultes voulaient sortir en ville, de l'autre côté du fleuve, ils n'y allaient jamais sans avoir pris un bain la veille. Dans le bus ou au restaurant, leurs voisins flairaient leur odeur, se couvraient le nez de la main et, une fois le foyer des miasmes identifié, changeaient de place, s'éloignant le plus loin possible. Depuis pas mal de temps, les employés de l'Ile aux Fleurs avaient demandé au bureau de l'administration qu'on leur installe des cabines de douche. Pour se laver à fond, ils devaient aller au bain public du village près de la petite rivière. La veille des fêtes – de la Lune ou du jour de l'an, par exemple –, seuls les résidents y avaient accès ; les gens de l'île devaient attendre le jour de la fête proprement dit. Ce bain public, unique dans les parages, devait accueillir plusieurs milliers de personnes. C'était quand même, pour eux, une aubaine. Accessible à tous, aux petits comme aux grands, sans distinction, il regorgeait de monde du matin au soir, ressemblant à ces pots de fleurs où l'on fait pousser du soja. La foule était particulièrement dense dans la partie réservée aux femmes : les fillettes, amenées là par leur mère, y étaient en plus grand nombre, et les femmes s'attardaient plus longtemps que les hommes, à tel point qu'on y manquait de seaux et de gourdes pour s'asperger. Faire la queue pour prendre un bain dans de l'eau souillée, tel était, pour les gens de l'île, le prix à payer pour retrouver provisoirement le statut de citoyens ordinaires.

Ils avaient beau se laver, la puanteur restait attachée à leurs vêtements. Et ils n'en avaient guère de rechange dans leur cabane. Tout ce qu'ils portaient, que ce soit au travail, pour dormir, ou au repos chez eux, c'étaient des choses récupérées au dépotoir. En apparence, ces habits étaient présentables, certains même, des produits importés, de marque étrangère. Le problème, c'était l'odeur. Alors, ils confiaient un vêtement propre à la garde d'un blanchisseur, non loin du bain public, avec lequel ils s'étaient entendus au préalable. Dans le bus qui les emmenait en ville, il leur était impossible de dissimuler aux autres passagers d'où ils venaient, mais après leur passage au bain et chez le blanchisseur, ils redevenaient des citoyens comme les autres. Ceux qui n'avaient pas de vêtements de réserve en louaient un au pressing, qui appartenait à d'autres. Certains revenaient parfois jusqu'au village de l'île dans leurs habits propres pour se pavaner devant leurs collègues restés là à trinquer avec des verres de *soju* à la main, ou à palabrer et à se chamailler. Et ceux-là ne les reconnaissaient pas : ils les vouvoyaient !

La mère, qui était allée plusieurs fois au bain public, insista auprès d'Ashura pour qu'il y conduise les deux garçons. Il refusa, disant simplement qu'il n'avait pas envie. S'ils n'avaient pas été déjà aussi grands, elle les aurait volontiers emmenés dans le bain des femmes pour les dépouiller de leur vieille couche de crasse. On se sent si bien après un bon bain !

Vers midi, les employés commencèrent à se rassembler par section. Ils étaient excités comme des gosses. Les conversations tournaient toutes autour des mêmes sujets : ils allaient d'abord se frotter, se faire beaux, puis voir un film, manger de la viande grillée, boire, chanter dans un karaoké – en somme, ils allaient faire la fête. Un type de la division des indépendants racontait qu'une fois, lui et ses compagnons avaient laissé toute leur paye dans un bar à hôtesses où le patron de la compagnie de collecte les avait emmenés. Il disait qu'il fallait bien défroisser les billets avant de les ranger dans la poche intérieure de la veste. — Pourquoi donc ? — Parce que quand on les tire, ils viennent mieux, l'un après l'autre.

Le travail s'était arrêté, les ruelles du village étaient calmes, désertes même, sauf devant la petite boutique. Plus de camions ni de bulldozers, plus personne sur les aires de tri, tout le monde ou presque était parti.

Gros-Yeux et le Pelé s'éloignaient avec leur carton de *ramen* quand ils s'entendirent appeler. Se retournant, ils virent la Taupe avec deux compagnons. Tous trois allaient dans la même direction qu'eux, avec des sacs à la main.

— Qu'est-ce que vous apportez là? demanda la Taupe en frappant le carton avec un petit air de mépris, des trucs distribués à l'église?

— J'espère que c'est pas encore de la soupe de l'Ile aux Fleurs? fit Gros-Yeux en baissant son regard sur les sacs que la Taupe et ses deux acolytes tenaient à la main.

Il s'était exprimé sur un ton railleur, évoquant la soupe de poissons récupérés dans le dépotoir, que la Taupe avait offerte quelques jours plus tôt. Tout le monde ici appelait « soupe de l'Ile aux Fleurs » les tristes brouets préparés avec des rebuts.

— Fais gaffe, p'tit voyou! Tu sais à qui tu parles? Je suis le cadet de la Collective.

La Collective était la section des indépendants qu'Ashura convoitait le plus, car elle traitait les ordures acheminées de zones incluant la base militaire américaine, plusieurs usines et quantité de résidences individuelles. Une section pour laquelle la commission à payer était plusieurs fois supérieure à celle des autres sections, comparable à ce qu'exigeait celle qui traitait les ordures des trois arrondissements nantis du sud de Séoul. La base américaine jetait systématiquement tout ce qui était périmé ne serait-ce que d'un jour. Elle réformait du matériel mais aussi des vêtements en bon état, si bien qu'il aurait été dommage de liquider tout cela au poids. Les usines se débarrassaient de morceaux d'acier rouillé, de pièces de plastique, de plaques de polystyrène, de polyéthylène, de cartons, tout un tas de choses recyclables. Si la Taupe avait pu trouver une place dans cette section, c'était grâce à son père et à son frère, arrivés sur l'île au tout début. La Taupe tenait à la main deux sacs remplis de petites boîtes.

— Vous allez voir, ce soir, je vous emmène au paradis.

Devant tant d'assurance, ses deux compagnons se faisaient tout petits et obéissants, l'air de dire : nous sommes à tes ordres. Quand le groupe parvint au QG, la Taupe en fit le tour pour vérifier l'état du toit, des piliers, de la porte de plastique, donnant des coups de la tranche de la main ici et là. Il était incontestablement le maître des lieux.

— Pas mal, le toit. Tu aurais dû faire une fenêtre sur le côté, tu crois pas ?

— Ah non ! on a passé toute la journée à monter cette fichue porte.

— C'est bien, finalement : bientôt il va faire froid, conclut la Taupe.

Ouvrant la porte en grand, ils entrèrent tous et s'assirent en cercle.

— Hé ! c'est fantastique… c'est à qui ces plaids ? demanda la Taupe en s'étendant dessus, sur le côté, le bras en guise d'oreiller.

— C'est à nous, hé ! fit le Pelé.

— J'ai passé la nuit ici avec lui. Nos parents se disputaient à la maison…

La Taupe comprit. Il ricana :

— Tu veux dire… ta mère et son père ? Ici, les jeunes vivent entre eux. Chez moi aussi, mon père vit ailleurs, et moi, j'habite avec mon frère.

Gros-Yeux eut l'impression que tout ce qui ailleurs serait pris au tragique était, pour la Taupe, matière à plaisanterie. Il lui paraissait vraiment différent des autres. Lui, il était capable de se débrouiller tout seul, il n'aurait pas besoin d'aller dans un orphelinat même s'il n'avait plus de parents.

Deux gamins apparurent à la porte. C'étaient de nouvelles têtes pour Gros-Yeux.

— Hé! chef, ça fait un bail qu'on s'est pas vus.

L'un d'eux était grand, sans doute plus âgé que les autres. Il jeta un regard dépourvu de bienveillance en direction de Gros-Yeux alors qu'il prenait place en face de la Taupe. Il avait quinze ans, soit un an de plus que Gros-Yeux qui avait dit à la Taupe qu'il en avait seize pour l'impressionner. Quand tous eurent pris place, la Taupe fit les présentations, bien que tardivement :

— Lui, c'est Gros-Yeux, un nouveau, je t'en ai parlé la dernière fois. Il travaille comme moi dans l'aire de tri.

— « Gros-Yeux », plutôt nul comme nom… Moi aussi, c'est pas génial, on m'appelle « Sauterelle-Cadavre [1] ».

La Taupe ajouta en rigolant :

— Ce qui lui fait deux surnoms, « la Sauterelle » et « le Cadavre ».

Les autres rirent à leur tour. Et Gros-Yeux, qui n'avait pas apprécié la remarque à propos de son surnom, plus fort que les autres et en tapant le sol de la main. Le Cadavre ou la Sauterelle, outragé par une réaction aussi inattendue, se mit à faire la gueule.

Chacun donna son surnom à tour de rôle. Gros-Yeux avait déjà vu la Grenouille, un garçon aux joues rondes, et le Galeux au visage tout couvert d'eczéma. L'autre, petite taille et teint sombre, sans doute du

---

1. Sauterelle-cadavre : c'est ainsi que s'appelle, en coréen, la sauterelle noire *patanga succincta*.

même âge que Gros-Yeux, s'appelait Petit-Crabe. Gros-Yeux estimait que son propre surnom sonnait mieux, qu'il avait quelque chose de plus glorieux, bien que donné avec des gifles par un flic de son ancien quartier.

— Dis, toi, tu te fous de ma gueule ?

C'est la Sauterelle-Cadavre qui, le cou enfoncé dans les épaules, avait posé cette question en portant sur Gros-Yeux un regard haineux. Un grand silence se fit. La Taupe regarda l'un puis l'autre, amusé. Reprenant son sérieux, Gros-Yeux répliqua :

— Ben oui, tu nous as fait rire, alors j'ai ri.

— Ça alors ! Tu me cherches ?

Il se leva d'un bond pour lancer un coup de pied à Gros-Yeux, qui était déjà debout. La Taupe intervint :

— Vous feriez mieux d'aller régler vos comptes dehors…

Tout le monde sortit. Gros-Yeux avait plusieurs dizaines de bagarres à son actif. Pour lui, un type qui s'énervait aussi vite ne devait pas être un ennemi bien redoutable. Il restait les bras ballants, sans prendre position, tandis que le Cadavre – ou la Sauterelle –, les deux poings levés, prêt à attaquer, sautillait sur place, sûr de son jeu de jambes. Gros-Yeux n'aimait pas que les choses traînent. Il avait pour habitude de calmer tout de suite son adversaire par un coup bien ajusté ; ou de lui asséner un tir fourni à l'endroit précis où l'autre avait laissé paraître une faiblesse. Quand la Sauterelle lança son pied, au lieu de simplement l'esquiver, Gros-Yeux l'intercepta d'une main et de l'autre lui logea un premier coup en pleine poire. Il en ajouta deux autres dans les reins de son assaillant, qu'il avait retourné comme une crêpe. La Sauterelle, accroupie, toussotait, manquant d'air. Ce fut presque décevant tant l'affrontement avait peu duré. Gros-Yeux se pencha sur son rival :

— Hé, ça va ? lui demanda-t-il en lui tapotant le dos.

— Apporte-lui de l'eau, ordonna la Taupe à Petit-Crabe.

Ledit Petit-Crabe s'exécuta. Lorsqu'il tendit son récipient de plastique rempli d'eau à la Sauterelle, ce dernier l'écarta d'un geste brusque de la main, puis il se redressa pour aller courir loin de là dans les sillons des champs. Petit-Crabe s'apprêtait à se lancer à sa poursuite, mais la Taupe l'en dissuada :

— Laisse-le un moment, il est pas fier de lui. Il reviendra quand ça ira mieux.

Gros-Yeux était ravi d'avoir montré à la Taupe et aux autres qu'il n'était pas du genre à s'en laisser remontrer, mais il feignit l'indifférence :

— J'aurais pas dû. On aurait dû se contenter de se marrer un peu.

— S'il s'appelle la Sauterelle-Cadavre, y a bien une raison, fit la Taupe, il s'énerve pour un rien.

Tous les autres profitèrent de l'absence de la Sauterelle pour rigoler à leur aise. La Taupe sortit quatre boîtes d'un des sacs. Il en ouvrit une : elle contenait plusieurs boîtes de conserve et un sachet couleur chocolat. La Grenouille se contorsionnait pour voir de plus près :

— Qu'est-ce que c'est ?

— J'en ai déjà mangé. Ça vient de l'armée américaine, fit le Galeux. Y a un tas de choses dedans.

La Taupe ouvrit le sachet sans un mot. Il en tira diverses choses : des boules de chocolat emballées dans du papier aluminium, des biscuits secs dans du papier huilé, du beurre, du fromage américain, de la confiture, quelques cigarettes, du café, du cacao, du sucre et du lait… Les gamins n'avaient d'yeux que pour les trésors que la Taupe déballait devant lui. Ce dernier prit deux ouvre-boîtes. L'un, allongé avec un trou à son extrémité comme en ont les aiguilles, l'autre en forme de crochet. Avant d'ouvrir, il demanda en regardant autour de lui :

— Hé! apporte du papier ou des cartons.

Petit-Crabe courut chercher les morceaux de carton accumulés dehors pour faire du feu. La Taupe ouvrit une boîte, posément. Elle contenait des morceaux de jambon, du poulet et des nouilles.

— C'est ce qu'on appelle une ration C, on en trouve de temps en temps dans notre section. Il ouvrit les quatre boîtes de ration C et en renversa le contenu sur le carton : il distribua d'abord le contenu du sachet. Les quatre boules de chocolat furent partagées en deux, chaque gamin reçut trois chewing-gums et deux bonbons. Le contenu des boîtes de conserve fut versé dans une casserole, qu'ils mirent sur le bidon qui servait de fourneau après avoir ajouté un peu d'eau. Quand la soupe commença à bouillir – l'odeur était exquise –, ils y plongèrent les *ramen*. Leur dîner prenait des airs de vrai festin. Tous s'étaient disposés en cercle autour du feu avec une boîte de conserve vide à la main et une paire de baguettes jetables – qui avait déjà servi plus d'une fois. La Taupe fit le service. Après avoir avalé une première bouchée de viande et de nouilles, Gros-Yeux lui demanda :

— Mais pourquoi les gens jettent ces choses, elles sont encore bonnes?

— Eh oui, alors que c'est si bon!

— Moi, j'aimerais manger comme ça toute ma vie!

Gros-Yeux, qui avait déjà vidé son bol, en reprit une louche en rigolant. Les enfants se sentaient heureux. La Taupe, une cigarette au bec, dans une posture de chef, portait un regard satisfait sur ses ouailles en train de dévorer avec voracité. Quand ils eurent à peu près fini leur dîner, la Grenouille, prenant l'air de celui qui se souvient, tira quelque chose de sa poche :

— J'ai apporté ça pour le laisser là.

La Taupe scruta l'appareil dans tous les sens, puis appuya sur un bouton. Un son électronique retentit faiblement. Sur l'écran, on voyait un mur de briques qu'une balle pulvérisait les unes après les autres.

— Hé ! c'est le jeu des briques ! Le jeu des briques, c'est pour les mômes de la maternelle ! Aujourd'hui, on aime mieux des trucs comme Super Mario.

— C'est quoi ? demanda la Grenouille.

— J'en ai vu un dans notre section, mais il marchait pas, alors je l'ai jeté.

La Taupe passa le jeu à la Grenouille qui se mit à jouer avec Petit-Crabe, le Pelé et les trois plus jeunes. La Taupe et Gros-Yeux, assis par terre derrière leur QG, contemplaient le fleuve où flamboyaient les rayons du soleil. Le chef demanda :

— T'es déjà sorti en ville, toi ?

— J'en viens, mais depuis qu'on est là, j'y suis jamais retourné.

Apprendre que son compagnon venait de la ville gâcha un peu l'humeur du chef.

— Voyou ! t'as dit que tu venais de la montagne, je parle du centre-ville. Moi, j'y suis allé, j'ai été manger des hamburgers.

— Au centre, j'y suis allé moi aussi ! Y a plein de grands magasins, des cinémas, des bars…

— Là où ils vont, les grands d'ici, c'est juste la banlieue. Nous, dit la Taupe en riant, on ira au centre-ville,
entre nous.

— Ouais, fit Gros-Yeux en l'imitant, mais qu'est-
ce qu'on y fera sans un sou?

*

La pleine lune venait de s'élever, gracieuse, au-dessus
du fleuve, quand Gros-Yeux et le Pelé quittèrent discrètement le quartier général à l'insu des autres. Ils savaient
tous deux où ils devaient se rendre sans avoir eu besoin
d'en parler. Ils prirent la direction opposée à celle du
village de cabanes, marchant à travers les champs à
flanc de colline. Au loin, une lumière brillait, des chiens
aboyaient de temps à autre. Quand ils s'approchèrent
de la maison, les chiens de la serre glapirent violemment. La porte s'ouvrit, la voix du papy du bric-à-brac
se fit entendre :

— Venez, entrez.

La Maigrichonne, qui aboyait furieusement, se jeta
dans les bras du Pelé tout en balançant la queue. Les
autres chiens vinrent renifler les pieds de Gros-Yeux.
La maman de la Maigrichonne était occupée à préparer
le dîner.

— C'est vous, les tontons? demanda-t-elle. Où
avez-vous passé la journée pour venir si tard? Vous avez
mangé?

— Où est-ce qu'ils auraient bien pu manger? fit le
vieux. Venez vous asseoir avec nous.

— On a mangé toute la journée, par-ci par-là, on
n'a pas faim, répondit Gros-Yeux – ce qui était vrai.

— On a fait du gâteau de riz, vous allez bien en goûter?

La femme apporta le gâteau de riz cuit à la vapeur, couvert de haricots rouges, et des gâteaux de la lune. Pendant que le père et sa fille dînaient et que les chiens avalaient leurs croquettes, les deux garçons se laissèrent tenter par le gâteau de riz aux haricots rouges. Il y avait bien longtemps que Gros-Yeux n'avait eu l'occasion d'en déguster ; il n'en avait d'ailleurs mangé qu'une seule fois, un jour, pour son anniversaire, quand il était tout petit. Le Pelé demanda soudain à la femme :

— Dis-moi, où est-ce qu'on peut acheter de la gelée de farine de sarrasin ?

De surprise, elle suspendit le mouvement de sa cuiller :

— Pourquoi tu cherches ça ? Pour quoi faire ?

Gros-Yeux écrasait le pied de son copain, il aurait préféré que le bonhomme n'entende pas, mais le Pelé ne comprit pas son signal :

— Ben, on a croisé le plus jeune de chez les Kim. Il paraît qu'il y a des malades chez eux. Il faudrait de la gelée de farine de sarrasin pour les guérir.

L'homme continuait de manger, faisant la sourde oreille. La femme posa sa cuillère pour se pencher vers le Pelé :

— Ce doit être le dernier petit-fils. Chez les Kim, il y a trois générations sous le même toit, comme chez nous autrefois. Au marché, y a rien de plus banal que de la gelée de farine de sarrasin.

— Tu veux que j'aille en chercher ? intervint son père. On peut y aller.

Tous se taisaient, les yeux fixés sur lui.

— Puisque c'est la fête de la Lune, si on veut faire plaisir à quelqu'un, autant ne pas rater l'occasion.

Il but une gorgée d'eau et se leva, imité par Gros-Yeux.

— Je peux aller avec vous ?

— Si tu veux. Pour passer le pont sur la petite rivière et revenir, il faut pas plus d'une vingtaine de minutes…

Le Pelé et la maman de la Maigrichonne s'occupè-rent de faire bouillir les restes des repas collectés en ville pour les grands chiens de la serre.

L'homme et Gros-Yeux montèrent dans la camion-nette d'une tonne. Le chemin était clairement tracé quoiqu'un peu tourmenté. Ils passèrent devant la petite boutique et le bureau de l'administration avant de s'en-gager sur une route plus large mais non goudronnée. Gros-Yeux se souvint d'être passé par là le soir où il était venu en compagnie de sa mère. Après le pont, au lieu de rejoindre la voie le long de la rive, le véhicule prit une petite route locale, goudronnée et bordée d'arbres. Gros-Yeux quittait l'île pour la première fois depuis son arrivée plusieurs mois plus tôt. L'homme au volant discourait tout bas comme s'il s'adressait à lui-même :

— Alors, la famille Kim, elle existe donc.

— Oui, ils auraient même toujours vécu à côté de nous, à ce qu'il a dit.

En jetant un coup d'œil sur Gros-Yeux, l'homme marmonna :

— Qu'ils aiment la gelée de farine de sarrasin, ça, je l'ai déjà entendu. Mais je croyais qu'elle divaguait, ma fille.

— Moi aussi, c'est ce que je croyais…

La bourgade apparut à distance. Les lumières tirè-rent les champs et les rizières de l'obscurité ; puis des immeubles de deux ou trois étages, des commerces, s'alignèrent le long de la voie principale, ainsi que des ruelles transversales donnant accès à de nombreuses maisons. La camionnette vira à gauche, passa devant un grand parking et entra dans les petites rues du marché traditionnel. Après maints détours, longeant des boutiques d'huile, d'ustensiles divers et un restaurant de soupe, il se gara devant un magasin ouvert – la plupart étaient fermés à l'occasion de la fête. Les commerçants, par groupes de trois ou quatre, buvaient du *makkolli* ; des vieillards solitaires regardaient la télé. Le magasin devant lequel l'homme avait fait halte était un commerce de légumes, ouvert sans discontinuer, où l'on venait au dernier moment chercher de quoi préparer le dîner, pousses de soja, tofu, etc. L'homme avait dû penser que là, il trouverait de la gelée de farine de sarrasin.

— S'il vous plaît, de la gelée de farine de sarrasin, vous en avez ?

— J'en ai plus. C'est pas quelque chose qu'on prépare pour les fêtes. Revenez demain !

— J'en ai besoin ce soir.

— Ça alors, il vous en faut absolument maintenant ? demanda la dame en se moquant. C'est un pari que vous avez fait aux cartes, c'est ça ?

Chercher de la gelée de farine de sarrasin par un soir de fête lui semblait farfelu. Elle interpella quand même son homologue de l'autre côté de la rue :

— Dis, t'aurais pas de la farine de sarrasin ?

Le commerçant d'en face chercha dans les coins de son magasin, puis il souleva un sac, l'agitant à bout de bras pour demander s'il s'agissait bien de cela. L'homme s'approcha pour vérifier la mention inscrite sur l'emballage. Il contenait en tout cinq paquets.

— Je prends les cinq, fit-il.

— Vous ouvrez une fabrique de pâté de soja ?

Il acheta, du même coup, un pack de dix bouteilles de *makkolli*. Il partagea son butin avec Gros-Yeux, et tous deux revinrent à la camionnette.

— C'est vrai, il suffit de faire comme pour les autres sortes de gelée et laisser reposer. Autrefois, la gelée de lentilles vertes ou de glands, on la faisait nous-mêmes avec de la farine.

— Ça fait un bail que j'en ai pas mangé moi non plus.

L'homme acquiesça :

— M'étonne pas, y a tellement de choses qu'on fait plus !

Les collines s'enchaînaient le long de la route alors qu'ils roulaient en direction de l'Ile aux Fleurs. La lune était montée dans le ciel. On apercevait les lumières du village de la petite rivière avec, en arrière-plan, la petite montagne que, du haut du dépotoir, il avait l'habitude de voir à droite des champs.

— Dites, est-ce qu'il y avait un quartier d'habitation, avant, sur l'Ile aux Fleurs ?

— Bien sûr, c'est même là que je suis né, il y avait un grand village. Les gens sont tous partis avec une indemnité quand on leur a pris leur terrain, ils sont allés dans le village près de la petite rivière, puis ceux qui n'ont pas pu s'adapter sont allés ailleurs.

Gros-Yeux revoyait en imagination les venelles de son ancien quartier à flanc de montagne.

— Où qu'on soit, reprit l'homme, c'est vivable dès qu'on a un peu d'argent. Ici, pour peu qu'on supporte les mouches, on en trouve, de l'argent, n'est-ce pas ? Et quand il commencera à faire froid, y aura plus de mouches, ça deviendra beaucoup plus supportable.

L'homme prit la direction du pont qui mène au village de la petite rivière.

— Heureusement que vous venez nous voir. Avant, quand ma fille sortait de la maison, elle errait toute seule. Y a plein d'écervelés qui lui jetaient des cailloux en la traitant de folle.

Gros-Yeux l'écoutait sans rien dire.

— Ça lui a pris quand elle avait vingt ans, sa mère était déjà morte ; les gens disaient que les esprits descendaient en elle, qu'il fallait organiser un rite chamanique. Y a bien toujours sa conscience qui la quitte de temps en temps, mais ça va mieux.

La camionnette grimpa sur la côte puis passa devant le bureau de l'administration et la petite boutique.

— En plus des mouches… autour de nous, y a aussi ces spectres… T'as pas peur ?

Gros-Yeux secoua la tête :

— Non, ça m'amuse.

Pouvait-il y avoir chose plus effrayante que les odeurs nauséabondes, les essaims de mouches et toutes ces monstruosités déversées par les gros camions ? Quand son râteau accrochait le corps d'un animal en putréfaction, il le repoussait d'un coup de pied, et la dépouille était aussitôt recouverte par d'autres détritus. Les innombrables objets dont les gens s'étaient débarrassés avaient subi le même sort que ces têtes de poisson sectionnées, devenues informes, si peu ressemblantes à ce qu'elles furent, ils s'étaient décomposés en de minuscules éléments méconnaissables, sans rien qui rappelât leur aspect initial. Ah, s'il pouvait s'envoler pour un autre monde ! songeait Gros-Yeux en regardant défiler les buissons.

Quand le véhicule s'arrêta devant la maison, les chiens aboyèrent de nouveau. Ce n'étaient pas des hurlements farouches, mais des aboiements joyeux pour accueillir leur maître, et des gémissements quémandeurs. En dépit de leurs invalidités, les animaux se jetèrent sur le sac pour renifler. Le Pelé et la femme s'emparèrent des paquets de farine de sarrasin et du *makkolli*.

— Qu'est-ce que c'est ? demanda la femme.

Gros-Yeux répondit à la place du grand-père :

— C'est de la farine de sarrasin, on va préparer ça comme quand on fait de la colle !

— Ah, ça, je sais faire !

Elle vida la farine dans une bassine à *kimchi*, ajouta de l'eau et touilla avec une louche. Elle transvasa la pâte dans le chaudron, et la mit à bouillir sur le feu à l'extérieur. Trouvant le temps long, le papy du bric-à-brac vida une bouteille de *makkolli* dans un bol qu'il but d'une traite. Sa fille rentra au bout d'un moment avec un bac dans lequel elle avait transféré la pâte brûlante. Elle tapota la surface pour l'aplanir.

— En refroidissant, ça va prendre. Père, je vous ai entendu boire ?

— Oui, juste pour voir quel goût ça a, fit-il malicieusement en reprenant l'excuse classique de ceux qui sont pris à goûter quelque chose avant d'en avoir fait l'offrande aux ancêtres. Avec la gelée, il faudra bien leur offrir aussi du *makkolli*, non ?

Il aura fallu quasiment une heure et demie pour préparer la gelée et la laisser refroidir. S'ils avaient disposé d'un moule carré pour donner la forme habituelle au dessert, ç'aurait été mieux : la gelée avait pris la forme ovale du récipient. Coupée en morceaux cubiques, c'était tout à fait présentable. Quand la femme prit le bac sur sa tête et que les deux garçons s'apprêtèrent à sortir avec le sac de *makkolli* à la main, la Maigrichonne poussa des hurlements : elle voulait venir avec eux. Le papy du bric-à-brac la prit dans ses bras et, regardant dehors, il dit à sa fille :

— Va prier, guéris vite de ta folie!

Accrochée au milieu du ciel, la lune répandait une lumière d'argent sur le monde. A la différence de l'éclairage électrique, ses rayons masquaient la laideur du monde, rendaient plus aimables la rivière, les arbres, les cailloux, tout, même les objets récupérés dans la décharge. Le monde, au clair de lune, était embelli. Ecartant les herbes, tous trois marchaient en direction de la gorge. Des rameaux, des arbustes freinaient parfois leur marche. Plus grands qu'eux, les miscanthus géants posaient des perles de rosée glacée sur leurs joues. Puis des arbres de haute stature apparurent, leurs branches moirées par les rayons de la lune. Parvenus au pavillon de la chamane, ils déposèrent le bac de gelée et ils ouvrirent les bouteilles de *makkolli* qu'ils alignèrent sur le *maru*. La femme s'approcha du vieux saule, une bouteille à la main. Elle but d'abord une gorgée puis aspergea le tronc de l'arbre à plusieurs reprises, vidant presque la bouteille. Ses épaules se contractèrent, elle vomit, tomba à terre, battant le sol de ses pieds et de ses mains. Au bout d'un assez long moment, elle se releva comme s'il ne s'était rien passé. Le Pelé, qui avait souvent assisté à ce spectacle, lui prit la main tout simplement, mais Gros-Yeux, bien qu'il en eût déjà été témoin, était quand même étonné. Il devinait vaguement que ses crises, loin d'être programmées, résultaient de son trouble mental. Elle faisait de grands gestes de la main :

— Vous, là-bas, venez manger, nous vous avons préparé des offrandes! dit-elle en s'adressant à la forêt tout autour d'elle. Gros-Yeux et le Pelé virent alors des lueurs bleues se déplacer entre les arbres. Elles se regroupèrent petit à petit, mais sans franchir la lisière du bois. La femme reculait, laissant le champ libre devant elle, entraînant Gros-Yeux et le Pelé avec elle. Les ombres, enfin, s'approchèrent du pavillon pour déguster la gelée et boire le *makkolli*. L'une d'elles, plus petite, s'avança. Le Pelé reconnut le gamin de l'autre jour.

— Tu vois, on t'a apporté de la gelée de farine de sarrasin.

— Merci, dit l'enfant en s'inclinant très bas comme l'autre fois.

Gros-Yeux demanda :

— Toute ta famille est là?

— Oui, mon grand-père, ma grand-mère, mon père, ma mère, mes oncles : le frère aîné de mon père et sa femme, le frère cadet de mon père et sa femme, le frère de ma mère et sa femme, mes tantes : la sœur de ma mère, celle de mon père, ma cousine ; moi, je suis le plus jeune.

Le gamin avait présenté toute sa famille comme en récitant une formule magique. La maman de la Maigrichonne s'avança :

— Est-ce que tu me reconnais? Monsieur Kim, c'est donc ton père?

L'enfant partit d'un petit rire avant de répondre :

— Chez nous, on est tous des Kim. Vous, vous communiquez avec la grand-mère du saule?

— Oui, en ce moment, la grand-mère du saule, c'est moi.

— Prenez de la gelée vous aussi, proposa le gamin.

— Non merci, j'ai bu un peu de *makkolli*.

L'enfant s'en retourna rejoindre les siens. On les entendait murmurer, manger et boire. Puis il s'approcha de nouveau :

— Venez avec moi, ma famille aimerait vous voir.

C'est Gros-Yeux qui prit les devants, suivi de la femme et du Pelé. Il y avait une bonne vingtaine de personnes, groupées en demi-cercle comme si elles posaient pour une photo. Un homme s'avança, celui qui portait une vieille combinaison grise et une casquette aux couleurs du mouvement Saemaeul [1].

— Je suis le père de cet enfant, dit-il. Nous étions tous malades, privés de forces. Grâce à vous, nous sommes guéris.

Resté en arrière, le grand-père aux moustaches blanches acquiesça :

— Regardez, j'ai retrouvé l'usage de mes membres, fit-il en riant et en agitant les bras.

Il portait une vieille veste et un pantalon de coton qui pochait aux genoux. La mère du gamin, en pantalon bouffant à motif de fleurs, une serviette serrée en bandeau autour de la tête, s'adressa à la chamane :

— Que la grand-mère du saule prenne soin de nous !

— Votre présence me fait chaud au cœur, répondit la chamane. C'est notre devoir de nous entraider.

Le jeune garçon, lui qui avait le premier osé aborder Gros-Yeux et le Pelé, proposa :

— Venez nous voir dans notre quartier.

— Votre quartier, c'est donc par là ? demanda le Pelé.

---

1. Saemaeul : « Nouveau Village », mouvement lancé par le général Park Chung-hee en 1970 dans le but de moderniser l'économie rurale et d'améliorer les conditions de vie dans les campagnes.

L'enfant rit de nouveau, comme les autres fois, puis :

— Nous, on a longtemps vécu dans l'Ile aux Fleurs.

D'une voix énergique, le grand-père annonça :

— On a bien mangé, maintenant allons travailler.

Il y eut une sorte de rumeur, les lueurs bleues se dispersèrent parmi les arbres puis s'effacèrent tout à fait. Gros-Yeux semblait reprendre ses esprits :

— Ça alors! ils sont comme nous autres. Ils vont aller fouiller dans les ordures de la décharge?

— C'est des paysans, qu'ils ont dit, hi hi! rectifia le Pelé.

La femme confirma en hochant la tête :

— Parole de la grand-mère du saule : ce sont eux les vrais propriétaires de l'Ile aux Fleurs.

Ils se mirent en route pour regagner la maison de la Maigrichonne, quittèrent la forêt et les champs de miscanthus et traversèrent l'aire de désossage des appareils électroménagers.

4

Avec les premiers froids, le travail devenait plus dur. La quantité de briquettes de charbon consumées trouvées dans les déchets avait triplé, voire quadruplé. De plus, pendant la dizaine de jours consacrés par les ménages à la préparation des réserves de *kimchi* pour l'hiver, la masse de feuilles de choux parvenant à la décharge était telle que les premières équipes, et à plus forte raison celles qui venaient après, ne récupéraient rien qui fût de quelque valeur. Le plastique, les bouteilles, les boîtes métalliques, les cartons, la ferraille, tout cela était enfoui sous une montagne de feuilles de choux et de briquettes. Dans toutes les sections, choux et briquettes représentaient presque la moitié des déchets apportés. Ashura répétait à ses collaborateurs :

— Ainsi va le monde : après les mouches et les moustiques, les briquettes !

Une fois la collecte du petit matin effectuée, les bull-dozers recouvraient la décharge de terre, qu'ils tassaient ensuite. Résultat, toute la zone était envahie de poussière. Les employés, qui d'ordinaire avaient le visage tout noir, semblaient maintenant couverts de farine.

Le soir de la première neige, Gros-Yeux avait, comme d'habitude, trié et transporté ce que sa mère avait collecté. Alors qu'il l'aidait à entasser son butin dans de grands sacs, le papy du bric-à-brac, venant du parking où s'alignaient camions et motos, s'approcha d'eux. C'est à la mère qu'il s'adressa d'abord :

— La récolte a été bonne, ce matin ?

— Ah là là, en ce moment, les camions n'apportent que des feuilles de choux abîmées. Par contre, y a plein de cartons. Vous pouvez les prendre. Y a aussi du plastique.

A la différence des acheteurs officiels qui se présentaient à jours fixes pour acheter en gros des denrées recyclables, les occasionnels pouvaient se pointer à tout moment avec leur moto ou leur camionnette. Ils percevaient de petites sommes en revendant leur butin à des intermédiaires. L'homme demanda à Gros-Yeux :

— Tu veux bien me passer ces sacs de canettes et de plastique, là ?

Gros-Yeux tira les cinq sacs désignés. Après les avoir pesés, l'homme régla son dû à la mère. Le garçon les transporta sur l'épaule jusqu'à la camionnette et les chargea sur le plateau. L'homme lui demanda :

— Le boulot est terminé pour aujourd'hui ?

— J'étais en train de ranger…

— On te demande…

— Votre fille ?

— Je crois que ton frère est là-bas, lui aussi.

Gros-Yeux fit un signe de tête affirmatif. Il courut annoncer à sa mère qu'il allait rejoindre le Pelé. Elle, qui l'avait vu travailler avec elle depuis le petit matin, ne dit rien, ne fit rien d'autre que jeter un coup d'œil dans sa direction. N'avaient-ils pas l'habitude de se débrouiller chacun de son côté pour dîner ?

L'homme alluma les phares. Des flocons voltigeaient dans la lumière. Bien au chaud sous plusieurs combinaisons enfilées l'une sur l'autre et protégé par sa casquette, Gros-Yeux ne s'était pas encore rendu compte qu'il avait commencé à neiger. Il s'écria :

— Oh là là ! il neige !

— Eh oui, fit l'homme au volant de son camion tandis qu'ils quittaient le parking de la décharge.

— C'est la première neige, espérons qu'il n'y en aura pas beaucoup. Quand il neige beaucoup, ça devient pénible pour tout le monde.

A mesure qu'ils roulaient, la neige devenait plus dense. Les flocons fondaient en touchant le pare-brise.

Les chiens geignirent, la porte s'ouvrit et la maman de la Maigrichonne et le Pelé parurent sur le seuil. Déjà de grandes taches blanches émaillaient la cour.

— Qu'est-ce qui se passe, aujourd'hui ? demanda Gros-Yeux.

La femme répondit en étalant des plats sur la table :

— J'ai fait du *kimchi* pour l'hiver. Comme on n'est que deux, j'en ai pas fait beaucoup. J'ai refait aussi de la gelée de farine de sarrasin.

Le Pelé ajouta en nasillant, signe qu'il était de bonne humeur :

— Chez les Kim, ils vont être contents. Moi, j'ai envie de voir le gosse, hi hi !

A table, il y avait des cœurs de choux et du navet râpé, macérés dans de la sauce de poisson au piment, et de la poitrine de porc bouillie. La femme servit du *makkolli* à son père puis inclina la bouteille pour se servir.

— Tu crois que tu peux ? Il fait bien gris ce soir… s'inquiéta-t-il en lui prenant la bouteille des mains pour la servir.

Tous deux vidèrent leur bol d'un trait. La femme se mit en route en direction de la gorge avec le bac sur la tête, suivie des deux garçons qui portaient des bouteilles de *makkolli*. Les branches nues étaient trempées, les miscanthus dégoulinaient, le sentier disparaissait sous une petite couche de neige. Tout comme elle l'avait fait les fois précédentes, la femme s'approcha du vieux saule pour en asperger le tronc de *makkolli*. Un spasme lui secoua les épaules, elle trembla de tout son corps mais, cette fois, elle ne tomba pas à terre. D'une voix calme qui ne lui appartenait pas, elle dit :

— Ah ! que cela est bon !

Elle disposa le bac rempli de gelée de farine de sarrasin et les bouteilles de *makkolli* dans la cour devant le pavillon de la chamane, puis elle cria en direction du bois au-delà des miscanthus :

— Venez, venez déguster nos offrandes !

Des ténèbres s'éleva une rumeur, des ombres apparurent. Au lieu de s'arrêter au milieu de la cour, les Kim s'approchèrent de leurs trois bienfaiteurs. Le père à la casquette Saemaeul, la mère en pantalon bouffant, sa serviette autour de la tête, le grand-père à la moustache blanche, la grand-mère, l'oncle paternel en vieux costume, l'oncle maternel en uniforme de réserviste, le jeune oncle et sa femme, la sœur de la mère et son mari, la sœur du père et son mari, les cousins du gamin, ses frères et sœurs et lui-même en personne, tous se montrèrent à découvert. Et ils se jetèrent ensemble sur le bac de gelée de farine de sarrasin dans la cour devant le pavillon. La femme, Gros-Yeux et le Pelé, immobiles, ressentirent comme un souffle de vent au passage des ombres. A cause de l'obscurité, les visages ne laissaient point discerner leurs traits : ni rouges ni verts, ils avaient simplement la même apparence que ceux de tous les habitants de tous les villages.

Le père du gamin s'adressa à la maman de la Maigrichonne :

— Grâce à vous, grand-mère du saule, ma famille est guérie.

— Profitez bien de tout cela.

Le garçon demanda à Gros-Yeux et au Pelé :

— Vous, ça va ? Nous, on était très occupés.

— Ah oui, pourquoi donc ?

— A cause de la récolte d'automne. On sera au repos jusqu'à la pleine lune du nouvel an.

— Allez, va manger toi aussi, lui dit la chamane.

L'enfant s'inclina avant de rejoindre les adultes pour manger lui aussi de la gelée. Leurs trois bienfaiteurs étaient les heureux témoins de ce repas. Les Kim mangèrent la gelée avec appétit, burent le *makkolli*, puis commencèrent à se retirer discrètement après avoir salué la femme et les deux garçons. L'enfant s'approcha du Pelé :

— Vous voulez venir dans notre quartier ?

— Hi hi ! t'es sûr qu'on peut y aller ?

— Il suffit de me suivre.

L'enfant se mit en marche en direction du bois où venaient de disparaître les adultes. Le Pelé et Gros-Yeux le suivirent sans trop réfléchir. Les feuilles séchées et les plumeaux des miscanthus leur caressaient les joues. Soudain, tout devint noir, ils ne virent plus rien devant eux pendant un moment. Puis un semblant de clarté se fit. Ils étaient plongés dans une brume dense qui leur semblait se lever petit à petit, de sorte que, par intermittence, ils apercevaient l'enfant marchant devant eux. Il faisait relativement clair mais pas comme en plein jour, ils avaient une impression d'intimité, comme au cœur de la nuit sous la lune. A leur droite coulait un fleuve bordant des champs ceints, au loin, par une chaîne de montagnes qui formait une sorte de paravent. Dans leur dos, une éminence se dressait, fière comme une falaise. Devant eux, un embarcadère sur le sable et, plus loin, de modestes collines couvertes de champs de sorgho où courait le vent. De grands saules bordaient les sentiers tortueux. Derrière un bosquet de bambous sauvages se lovait un village aux toits de chaume. Plus loin, un autre village. Gros-Yeux rattrapa le garçon pour lui demander :

— Où on est ?

— Tu vois pas ? C'est l'Ile aux Fleurs.

— Quoi, notre village ? s'écria le Pelé en regardant autour de lui.

— Eh oui, c'était comme ça autrefois.

— C'est l'Ile aux Fleurs avant ?

— Oui, c'est ce que je te dis, là c'est mon village.

De l'endroit où ils se trouvaient, ils avaient vue sur le fleuve avec, en son milieu, une autre petite île boisée. Une barque naviguait à la voile. Sur la berge, une vache broutait paisiblement avec son veau. Des canards s'ébrouaient sur l'eau créant autour d'eux des auréoles de vaguelettes, d'autres s'envolaient d'entre les herbes sauvages de la rive.

— Cette île, là-bas, on la connaît pas, s'enquit Gros-Yeux.

— Les gens l'ont fait sauter, répondit l'enfant. C'était le village voisin du nôtre, les familles ont été évacuées il y a longtemps. Notre famille sera peut-être obligée de partir d'ici un jour, elle aussi.

Partis devant, les adultes étaient déjà rentrés chez eux. L'enfant amena Gros-Yeux et le Pelé dans la cour d'une chaumière en forme de L. Son grand frère coupait du bois, sa mère était occupée à faire bouillir une marmite à la cuisine, son père fumait la pipe sur le *maru* de la cour de derrière, et sa grande sœur s'en allait faire la lessive sur la rive. Les images de la vache, du veau, des canards, du voilier, des occupations de la famille se répétaient à l'infini comme lorsqu'on visionne un document et qu'on retourne en arrière. Gros-Yeux demanda :

— Alors, le dépotoir, le village de cabanes, tout ça, c'est parti où ?

— Tu ne les vois pas, mais c'est là, à côté. Regarde, répondit l'enfant en montrant du doigt le chemin qu'ils venaient de parcourir, aujourd'hui il y a du brouillard. Souvent, le village est tout entier noyé dans la brume.

L'enfant désignait le village du haut, plongé dans un brouillard aussi dense qu'une fumée blanche.

— On ne peut pas aller plus loin. Tous sont partis, il ne reste plus que ma famille.

L'enfant ouvrit la porte d'un entrepôt aussi vaste que la salle de prière d'un grand temple. A la charpente et aux murs, partout étaient suspendus de petits sacs. Il y en avait aussi sur toute la surface du *maru*.

— C'est notre récolte de cet automne.

Le Pelé restait bouche bée.

— Qu'est-ce qu'il y a dedans ? demanda-t-il au bout d'un moment.

— Des graines, répondit le gamin. Le fruit de notre travail. Au printemps, on les sèmera partout où il y a de la terre sur l'Ile aux Fleurs.

L'enfant rebroussa chemin, guidant le Pelé et Gros-Yeux. Quand ce dernier se retourna, la montagne, les champs et les villages étaient inchangés, dessinant un doux paysage champêtre sous la lune. L'enfant s'arrêta sur le chemin dans la brume :

— Au revoir, on se reverra.

Gros-Yeux et le Pelé furent comme capturés par la brume et, quand ils sortirent du fourré de miscanthus, ils se retrouvèrent devant le pavillon, allongés dans la cour. La voix de la maman de la Maigrichonne se fit entendre :

— Vous avez repris vos esprits ? Il fait froid, levez-vous vite, il faut rentrer.

Gros-Yeux et le Pelé se regardèrent, étourdis.

*

Le froid devenait plus vif, les jours, plus courts. Les employés se plaignaient de la modicité de leurs revenus. Ils travaillaient longtemps dans l'obscurité le matin, et le soir il faisait nuit dès cinq heures. En fin de journée, devant la supérette ou dans les espaces ouverts de leur village de cabanes, ils s'attardaient à boire autour de feux toujours plus grands, plus ardents, jusque tard dans la nuit. L'ambiance était tendue, des altercations éclataient pour des riens. Quand les querelles dégénéraient, comme on avait toujours sous la main quelque objet qui pouvait servir d'arme, on ne se contentait pas de s'attraper par le col : le sang coulait.

Dès lors qu'il s'agissait d'organiser des libations – motif fréquent de dispute avec sa compagne –, Ashura ne ménageait pas sa peine. Il restait souvent à jouer aux cartes tard le soir. En général, il buvait ou jouait avec les ouvriers de sa section ou les chefs des sections voisines, mais ce soir-là, il s'était joint à ceux de la concession des indépendants. Les collectes effectuées dans cette division étaient achetées en bloc par les compagnies de recyclage dont les représentants, ou les propriétaires de véhicules privés, venaient en personne. Chacun des chefs de cette concession partageait les revenus du travail de son équipe selon un rapport de trois pour lui-même à sept pour l'ensemble de ses employés. Pour se faire incorporer dans ces équipes, il fallait payer une commission élevée. Comme on y traitait de déchets de bonne qualité en provenance des quartiers huppés de la ville, les revenus y étaient très supérieurs à ceux de la concession municipale. Les chefs étaient des hommes jeunes, de trente ou quarante ans tout au plus – tous des hommes au sang chaud. Solidaires, ils sortaient ensemble en ville les jours de vente de leur collecte.

Depuis pas mal de temps, dans la division municipale où officiait Ashura, le traitement des canettes et autres contenants métalliques – ces métaux étaient aussi précieux que le plastique – faisait l'objet de récriminations. Les canettes de bière et les boîtes de conserve, il fallait les écraser une à une manuellement ; il y avait aussi des bidons d'huile, des récipients divers, des casseroles en aluminium qu'il fallait aplatir pour réduire le volume et faciliter le transport ; le seul moyen était de les écraser sous le pied ou à coups de marteau, ce qui prenait beaucoup de temps. Or, la division Environnement et collectivité, chargée des déchets de la base américaine, avait acquis un compacteur, ce qui simplifiait énormément cette tâche. Ashura rendit visite à son homologue de cette division pour évoquer la question. Quand il entra dans la pièce – elle disposait, derrière le bâtiment de l'administration, d'un conteneur qu'elle utilisait comme bureau –, les chefs étaient en train de lever leur verre de *soju*.

— Tiens donc, quel bon vent nous amène le chef du camp de rééducation ?

— Dommage, on n'a plus de soupe ! Qu'est-ce qui se passe ?

Chacun manifestait son étonnement, mais Ashura faisait la sourde oreille. Il interpella son collègue :

— Hé ! Pak, j'ai à te parler.

Pak était un homme robuste au visage basané.

— Qu'est-ce qu'y a ? dit-il, tu me fais peur…

Il se leva, décontenancé, pour suivre Ashura.

— J'aimerais te demander une chose : est-ce qu'on pourrait pas t'emprunter de temps en temps ta machine à compacter ?

L'autre sourit, puis :

— Quand on a fini, vous pourriez venir avec vos canettes, mais dans ce cas, vaudrait carrément mieux nous les céder au lieu d'attendre chaque fois pour utiliser la machine.

Ashura réfléchit un moment. Il leur arrivait, effectivement, de vendre directement leur récolte aux indépendants. Ils cédaient alors leur collecte à la moitié du prix, voire au tiers de celui que leur offraient les usines de recyclage ou les petits brocanteurs. Ashura répondit :

— C'est pas quelque chose que je peux décider tout seul… Si tu veux qu'on paye pour son utilisation, on peut fixer un prix.

Pak tapota Ashura dans le dos en rigolant :

— Y a pas de problème. Bon, allez, tu nous paies à boire ce soir. Apporte-nous un peu de *soju* de la boutique.

Ashura acheta dix grandes bouteilles de *soju*. Quand il revint, ils étaient plusieurs autour d'une table encore bien garnie d'amuse-gueules, mais où les bouteilles commençaient justement à manquer.

— Tiens, ça c'est de la dinde, nous on l'a avant les yankees, dit Pak, heureux de voir arriver de quoi boire.

Il avait les lèvres et les doigts tout huileux pour avoir tripoté des morceaux de dinde et de porc étalés sur du papier gras. Sur la table, il y avait aussi des oranges avec, sur l'écorce, la marque de leur lieu d'origine, et des prunes au sirop. Pendant qu'Ashura allait chercher les bouteilles, Pak avait sûrement expliqué à ses convives pourquoi ce type les gratifiait de pareil cadeau. Vantard invétéré, Ashura sentait son ego se gonfler sous l'effet de l'alcool.

— Notre section, elle rapporte pas autant que la Collective ou la Centrale, mais de toutes les sections municipales, c'est elle qui fait payer le plus cher le droit d'entrée. On se débrouille tous plutôt bien, on se sent pas si mal, au fond, chez nous.

— On dirait que monsieur fait un bon chiffre d'affaires en ce moment, hein ?

— On peine un peu à cause des choux à *kimchi*, mais bon, vers Noël ça ira mieux.

— C'est où que vous êtes ? demanda quelqu'un.

— Il s'occupe de la zone nord-est, je crois, répondit Pak en devançant l'interrogé.

— C'est pas mal, là-bas. Y a deux grands marchés dans les sections de la mairie ; celle du nord, c'est la meilleure, je pense. Y a des petites usines aussi, non ?

Tous caressaient Ashura dans le sens du poil, si bien que ce dernier commençait à oublier qu'il était au milieu de rivaux.

— De toutes les sections municipales, on a la meilleure !

— Dites donc, proposa Pak, puisqu'on a parmi nous un chef qui vient d'ailleurs, on va pas jouer aux cartes qu'entre nous, on va élargir le cercle.

— Ben oui, on va en profiter pour lui piquer des sous !

L'un d'eux poussa les plats et les bouteilles de côté pour étaler un jeu de *hwatu*.

— Pour le *go stop*, on est trop nombreux, ça prendrait trop de temps, on va plutôt faire un *jigotaeng* ou un *sotda*.

— Le *sotda*, c'est bien, ça va vite et c'est simple.

— On va fixer la valeur des cartes avant. Faut pas qu'on chipote après, c'est trop chiant. Combien on gage ?

— Cent wons c'est minable, mille c'est trop, cinq cents wons, ça semble dans nos cordes, qu'est-ce que vous en dites ?

— Quand on mise cinq cents wons, qu'on s'arrête, qu'on mise de nouveau, au deuxième tour, avec une double mise, on peut empocher déjà deux mille cinq cents wons.

Au terme d'une discussion animée et bruyante, ils se mirent d'accord sur les points, puis s'entendirent sur le montant de la mise de chacun : deux billets de dix mille wons. Ils les glissèrent sous un coussin qui leur servait de table à jouer et sur lequel ils distribuèrent les cartes. En échange de leur mise, chaque joueur reçut quarante pions de go. Celui qui était à court de pions pouvait en acheter d'autres contre du liquide. Ashura se dit que, vu le montant de la mise, les enjeux étaient honnêtes. Au début, la donne lui fut favorable, il gagna même quelquefois, mais bientôt il commença à perdre quand les autres demandaient l'arrêt. Chaque fois, ils récoltaient la mise et lui, il n'eut bientôt plus de pions. Accumulant perte sur perte, il dut passer son tour deux fois, puis il eut un double dix en main. Il avait déjà perdu environ cent mille wons, ce qui représentait quasiment la moitié de ses revenus mensuels. Sur les six joueurs, quatre avaient misé, un passa son tour, puis un autre. Ne restaient plus en lice qu'Ashura et le chef Pak. Le dernier de ceux qui avaient passé leur tour glissa furtivement une de ses cartes à Pak, ce qui n'échappa pas à l'attention d'Ashura.

— Attendez, qu'est-ce que vous êtes en train de foutre, là?

— Quoi donc? faut retourner sa carte sans perdre de temps!

— Tu viens de changer une carte avec lui!

— Qu'est-ce qui te prend? Qu'est-ce que c'est que ces gamineries? Tu te fous de moi? Qu'est-ce qu'y a?

Ashura jeta ses cartes : un double dix, qu'il avait! Pak retourna le sien avec un rire moqueur. Lui, il avait un double treize – le roi tout auréolé de ces rayons de soleil qui éblouissent les joueurs! Ashura cherchait la carte que l'autre avait dissimulée, il souleva les deux cartes de son rival l'une après l'autre, tandis que Pak tendait les mains pour ratisser les pions du perdant : il empochait le jackpot. Ashura, qui était un homme de belle stature, renversa la table : les cartes, les pions de go, mais aussi les verres et les plats, tout s'envola.

— Ce p'tit minable, i'tient donc pas plus que ça à sa peau?

Pak était bien bâti lui aussi, il avait la réputation d'être l'un des plus solides castagneurs parmi les chefs des indépendants. Prenant Ashura au collet, il lui logea un coup de boule dans le nez. N'ayant eu que le temps de voir un éclair, Ashura s'effondra, son nez pissant le sang. A terre, il saisit par instinct quelque chose qui traînait là, et, dans le mouvement qu'il fit pour se relever, l'enfonça dans le ventre de Pak. Celui-ci, debout, les yeux dilatés, regardant ses collègues avec l'air de leur demander pourquoi le couteau avec lequel il avait coupé la viande était planté dans son abdomen, se jeta sur son adversaire, lui saisissant les poignets. Ashura reçut une giclée de sang en pleine poitrine tandis que son rival s'affaissait dans les bras de ses collègues. Plusieurs chefs de la division couraient déjà au bureau de l'administration pour appeler une ambulance et la police. Très vite, il se fit un grand vacarme sur tout le site de la décharge, avec hurlements de sirènes et gyrophares. La mère de Gros-Yeux ne s'était rendu compte de rien, seuls son fils et le Pelé avaient vu Ashura menotté disparaître dans un fourgon de police. L'incident avait attiré tous ceux qui étaient encore attablés pour boire dans les aires de tri et beaucoup d'autres déjà couchés. Les gens ne furent pas excessivement surpris, car la police venait assez souvent à cause d'un accident ou de disputes entre sections. Par ces temps propices aux libations, il ne se passait guère de nuit sans bagarre.

La mère de Gros-Yeux fut mise au courant par une voisine alors qu'Ashura avait déjà été embarqué : elle ne put que regarder le pont, au loin, qui donnait sur la voie sur berge, et se taire.

Inquiet, Gros-Yeux rendit visite à sa mère. Quand il ouvrit la porte de la cabane, elle lui tourna le dos, cachant son visage dans ses mains et soupirant :

— Peut-être que c'est mieux ainsi. Il passe son temps à boire, à se bagarrer ou à jouer aux cartes.

Quand il referma la porte, il l'entendit murmurer :

— Quel maudit destin que le mien !

Le Pelé et Gros-Yeux restèrent un moment sans rien se dire, allongés côte à côte dans leur pièce. Puis, soudain, comme si cela venait juste de lui passer par la tête, le Pelé fit ce constat :

— Mon père, on l'a embarqué dans un car de police, hi hi !

Gros-Yeux était triste à cause de sa mère, mais le Pelé ne semblait pas affecté, il paraissait même plutôt guilleret.

— Mais ça te plaît donc que ton père se soit fait attraper par la police ?

— Il est vraiment méchant, il change pas. C'est à cause de lui que ma mère est partie… une autre femme, après, est partie elle aussi… maintenant, il est méchant avec ta mère… C'est un voyou. Et pis i'me donne des coups sur la tête… Tu crois que le type, il est mort ?

— Je crois bien, y avait beaucoup de sang.

Gros-Yeux pensait à son père. Jusqu'à quand serait-il retenu dans ce camp de rééducation dont l'objectif était de faire des hommes nouveaux ? C'est quoi un homme nouveau ? La première fois qu'il en avait entendu parler, il avait posé la question au postier de son quartier. C'est un homme droit, avait répondu celui-ci. Qu'est-ce que ça pouvait bien vouloir dire, vivre droit dans un dépotoir ? Il se disait que, eux qui vivaient dans la décharge, ils ne seraient pas comme ces objets que les gens avaient achetés, utilisés puis abandonnés une fois qu'ils n'en avaient plus besoin. Au bout d'un long silence, le Pelé avala sa salive puis demanda à Gros-Yeux :

— Grand frère, quand on tue quelqu'un, on a une grosse punition ?

— La peine de mort, probablement.

— La peine de mort, c'est quoi ?

Gros-Yeux secoua la tête dans le noir, puis :

— Ce type, il est pas blessé si gravement, on va le recoudre à l'hôpital, il ressortira bientôt et, dans ce cas, ton père aussi.

Le Pelé restait silencieux, il se retourna en reniflant. Gros-Yeux était d'humeur sombre. Il demanda :

— Tu pleures ?

— Oui, je pense à ma mère.

Gros-Yeux sentit son cœur se serrer. Enlaçant son ami, il lui dit :

— Allez, on va dormir. Demain matin, ça ira mieux.

Réveillé tôt le matin, Gros-Yeux attendait, prêt à partir au travail. Il attendait sa mère, mais elle ne se montrait pas. Peut-être n'était-elle pas encore réveillée, ou était-elle indisposée… Il se rendit au dépotoir. Un homme casqué, en train de disposer les collecteurs en ligne, lui demanda :

— Ta mère vient pas ce matin ?

— Elle est pas en forme. Je peux travailler à sa place ?

— Non, tu peux pas, t'es pas majeur…

Le type au casque regardait autour de lui à la recherche de quelqu'un pour la remplacer. Une dame du deuxième rang s'avança :

— Elle est certainement pas d'humeur à venir travailler. Je vais la remplacer ce matin.

— Hé, ho ! pourquoi vous ? intervint un homme lui aussi du deuxième rang. Vous savez depuis combien de temps je travaille ici, moi ?…

— C'est parce que je suis une femme que je me propose pour la remplacer, juste pour aujourd'hui.

Comme elle avait haussé le ton, l'homme au casque leva la main pour calmer le jeu :

— Suffit. Madame, vous allez prendre sa place devant. Allez, attention, les camions arrivent.

Il courut à leur rencontre :

— Avancez! Encore… encore!

La mère de Gros-Yeux ne se montra que l'après-midi sur le chantier. Elle était très pâle. Elle ne voulait pas manquer l'arrivage en provenance des sites de construction et des usines, où il y avait toujours des choses de valeur à récupérer. Gros-Yeux la voyait, de dos, pliée en avant, peinant, ramassant ceci, cela. Avant, quand elle se démenait avec son râteau pour tirer des bouts de ferraille rouillée et qu'elle n'y arrivait pas, Ashura venait lui donner un coup de main. Et Gros-Yeux, aujourd'hui, était tout prêt à se substituer à l'absent. Mais déjà l'homme au casque était à côté d'elle pour arracher au dépotoir le bout de métal qu'elle tentait en vain de récupérer, et il le jeta derrière lui. Gros-Yeux le ramassa, tandis que l'homme demandait à sa mère :

— Est-ce que vous êtes au courant?

— De quoi?

— Celui qu'on a transporté à l'hôpital, il est pas mort, mais il a les intestins perforés. Tentative d'homicide. Il pourra pas sortir tout de suite…

La mère continuait de fouiller dans les ordures. Elle pêchait des morceaux de linoléum et des cadres en plastique qu'elle jetait derrière elle.

— Vous devriez lui rendre visite.

— A quel titre je pourrais le voir? demanda-t-elle en se retournant vers l'homme au casque.

— Quoi donc! vous êtes bien quelque chose pour lui, sa sœur ou sa compagne…

— Sur le livret de famille, reprit-elle calmement, je n'ai aucun lien avec lui.

Prenant de l'assurance, l'homme se rapprocha d'elle :

— Il paraît qu'il est encore au poste de police du quartier, allez le voir avec les enfants. Si vous dites à la police que vous êtes sa compagne, que vous êtes, de fait, un couple, ils vous autoriseront à le voir, les flics savent bien comment ça se passe ici…

Elle avait reposé son outil. Accroupie, elle restait silencieuse. L'homme lui expliqua, avec des gestes, la prenant en pitié :

— Allez, réfléchissez un peu pourquoi je vous dis ça. Bon, parlons clair, vous toucherez pas de dommages, pas d'allocation pour la séparation, c'est sûr. Mais il a quand même dû mettre des sous de côté quelque part, un livret bancaire, par exemple. Montrez-vous gentille pendant qu'il est encore en garde à vue ; s'il a un peu de cœur, il pensera à vous avant d'être transféré en prison.

— Il faut aller où si je veux le voir ? demanda la femme.

— Vous allez d'abord au bureau de l'administration expliquer votre situation, et après vous irez au poste de police avec les enfants. Ce serait bien, je pense, d'y aller dès demain matin.

Gros-Yeux avait tout entendu de leur conversation. Le soir, tard, pendant le dîner – elle ne mangea presque rien –, elle dit aux garçons :

— Demain, vous n'irez pas travailler.

Gros-Yeux mangeait, feignant d'ignorer ce qu'il venait d'entendre.

— Demain matin, vous viendrez tous les deux en ville avec moi.

Gros-Yeux répondit prudemment :

— Emmène le Pelé, pas moi.

Elle réfléchit un moment, puis elle s'étendit, leur tournant le dos, sans un mot de plus. Gros-Yeux emporta le plateau-repas dans la cabane voisine où le suivit le Pelé. Quand ils furent assis face à face, le Pelé demanda :

— Pourquoi faut y aller ?

— Pour voir ton père.

— Non, j'ai pas envie, j'y vais pas.

— Tu pourras pas le revoir avant longtemps, ça te fait rien ?

— J'aimerais qu'il revienne plus jamais.

— Ma mère t'emmènera, va avec elle.

Les deux enfants étendirent une couverture et se couchèrent. Comme la veille, ils gardèrent un long silence, puis :

— Grand frère, demanda le Pelé, tu te souviens du village où on a été avec le jeune de chez les Kim ?

Quand il était au travail, Gros-Yeux non seulement se rappelait cette aventure, mais il regardait autour de lui pour tenter de retrouver la vue sur la berge. Il lui était même arrivé de se faire gronder par sa mère et par Ashura parce qu'il perdait du temps à rêvasser.

— Tu crois qu'on a rêvé ?

— Non, ces lueurs, je les ai revues plusieurs fois depuis. On pourrait pas aller vivre là-bas ?

— Nous, on est des êtres humains, répondit Gros-Yeux, le cœur saisi d'une vague détresse, eux c'est des lueurs bleues. Est-ce que, par exemple, on peut vivre avec les poissons ?

— Nous, faut donc qu'on vive ici dans les ordures, conclut le Pelé en poussant un long soupir, un soupir d'adulte.

Le lendemain, la mère de Gros-Yeux fit une grande toilette avec de l'eau qu'elle avait elle-même apportée,

123

puis elle entreprit celle du Pelé en frottant fort et en changeant deux fois l'eau de la bassine. Elle lui donna un vêtement pour la ville, puis ils passèrent au bureau de l'administration pour annoncer qu'ils allaient rendre visite à Ashura. L'employé du bureau l'écouta en hochant la tête, il avait l'air de la prendre en pitié.

— Vous avez une pièce d'identité sur vous?

La mère de Gros-Yeux ouvrit son porte-monnaie pour la lui montrer. Alors il fouilla dans ses tiroirs, dont il sortit une carte de visite.

— C'est l'officier qui s'occupe de notre quartier, si vous vous débrouillez bien, il vous autorisera à le voir.

La mère rangea soigneusement la carte de visite dans son porte-monnaie. Elle fit une courbette en s'inclinant bien bas et sortit, un peu moins triste, un peu plus confiante. Accompagnée du fils d'Ashura, elle marcha jusqu'au pont dans la poussière de la route non goudronnée. Après le pont, ils prirent un bus local jusqu'à la cité de banlieue. S'étant renseignée auprès des passants, elle se rendit au poste de police. Là, elle montra la carte de visite au policier en faction devant le bâtiment :

— Je voudrais voir ce monsieur.

Le jeune policier en uniforme déchiffra la carte, puis, en la lui retournant :

— Allez voir le bureau de la sécurité, lui dit-il.

Elle fit plusieurs fois le tour du couloir où des gens passaient sans cesse avant de trouver l'enseigne du bureau de la sécurité. Timidement, elle poussa la porte. Un jeune officier en blouson de cuir assis face à l'entrée lui demanda en fronçant les sourcils :

— C'est pour quoi?

— S'il vous plaît...

Il prit la carte que la visiteuse lui tendait et, aussitôt, il cria en tournant la tête vers le compartiment qu'une cloison délimitait derrière lui :

— Monsieur Lee, vous avez une visite !

Un homme d'âge moyen apparut, bien bâti, en chemise-cravate. D'un rapide coup d'œil, il examina la femme et le gamin. A l'odeur, il avait déjà tout compris. Il demanda à la femme :

— Vous venez de l'Ile aux Fleurs ? Suivez-moi.

Dans son bureau, il y avait des tables, dont beaucoup inoccupées, et des armoires de rangement qui se prolongeaient au-delà de la cloison. En dehors de M. Lee, il n'y avait que deux officiers qui s'étaient contentés de jeter un coup d'œil à la femme et au garçon quand ils étaient entrés, sans rien dire, sans saluer.

— Asseyez-vous.

La mère et le Pelé, intimidés, tête baissée, prirent place sur une chaise du bout des fesses. S'adressant à son collègue assis en face de lui, l'officier demanda :

— L'affaire Ashura, t'as fini l'enquête ?

— On commence juste, ça prendra encore trois ou quatre jours.

— Et merde !…

L'autre collègue intervint :

— T'aimes bien te faire plaindre, alors que là-bas, à ce qu'on dit, c'est le jackpot.

— Tu te goures ! Les incidents, c'est pas ce qui manque dans ce coin : des affaires y en a plein, mais jamais juteuses.

Tournant la tête vers la mère, Lee lui demanda :

— Quelle relation de famille vous avez avec le détenu ?

— Ce garçon est son fils, moi, je suis sa compagne, répondit-elle d'une voix à peine audible.

— Il s'agit donc d'une relation de concubinage, fit le policier d'un ton indifférent, comme s'il était déjà au courant. Quand ils sortent des camps de rééducation, ils sont tellement brutaux, on a beau leur dire de faire attention… Mais si à son âge il n'est pas plus raisonnable, quand est-ce qu'il le sera ?

Il téléphona à un autre service, fournissant de longues explications, montrant parfois des signes d'agacement.

— Ben, l'enquête !… C'est clair comme de l'eau de roche ! Tentative de meurtre, on a tous les éléments, les témoignages sont tous bien enregistrés… Quand il rencontrera sa famille, il changera peut-être de dispositions. C'est juste parce que je m'occupe de ce quartier, c'est quand même pas une grande faveur que je te demande…

Il se leva de sa chaise en geignant :

— Suivez-moi.

Il accompagna la femme jusqu'à la porte de la cellule. Là, il rédigea une demande d'entrevue en se référant à la carte d'identité de la visiteuse, puis il demanda à un autre collègue en uniforme de s'occuper d'elle. Il annonça enfin :

— Vous allez obtenir l'autorisation de le voir maintenant ; par la suite, cela se fera automatiquement : il suffira de venir directement ici et de demander à le voir.

Alors qu'il se retournait pour regagner son bureau, il leva le bras pour passer la main sur la tête du Pelé, mais ce dernier esquiva promptement la caresse. La main en apesanteur, le policier toisa le gamin :

— Celui-là, c'est le portrait craché de son père !

Ils entrèrent dans le parloir. Comme il s'agissait d'un petit poste de police, la pièce était exiguë. Il y avait, pour tout mobilier, un petit bureau et quatre chaises. Un moment après, un policier poussa Ashura devant lui, menotté, misérable. On le fit asseoir de l'autre côté de la table.

— T'es venu ?

C'est à son fils que le prévenu s'adressa d'abord, alors que, d'habitude, il ne lui parlait guère.

— Ça va ? demanda la mère de Gros-Yeux.

— Oui, à peu près. C'était pas la peine de venir.

— Te fais pas de souci pour nous. Je m'occupe du petit.

— Je suis désolé.

Il avait l'air abattu, il était devenu un autre homme. Après un silence, la femme lui dit :

— T'as pas des choses à demander ? T'as peut-être envie de manger des plats…

— Ce qu'on nous donne ici, c'est délicieux, du miel ! Te fais pas de souci. Par contre, si tu pouvais me faire passer un peu d'argent pour quand je serai en cabane. Y a des choses que j'ai fait garder par le bureau de l'administration.

— Qu'est-ce que tu leur as fait garder ?

— Mon livret bancaire et mon sceau. Tu pourras aller récupérer ça avec une procuration que je ferai. Et puis profites-en pour changer de section, paie la commission pour passer chez les indépendants.

— Merci. Tu crois pas qu'il faudrait engager un avocat ?

— Putain, bien sûr que non ! Pas besoin de ces types ! J'ai fait une connerie après avoir bu, voilà, y a rien de compliqué.

Le policier, qui notait les propos échangés, se leva :

— Fin de l'entrevue. Il est temps de partir.

Quand Ashura tourna le dos pour sortir, il vit son fils fondre en larmes, réaction à laquelle il ne s'attendait pas, sa compagne non plus. Il le fixa quelques secondes en silence, puis :

— Maintenant, dit-il, elle est ta mère. Sois gentil avec elle…

Il sortit. Le gamin se laissa aller pour de bon, les épaules secouées de sanglots. La femme tenta vainement de le calmer.

5

Les fêtes de Noël approchaient. En cette période de l'année, les enfants de l'âge du Pelé passaient le plus clair de leur temps à l'église, mais lui, il préférait aider Gros-Yeux sur le chantier, bien que, jugé dangereux, le travail fût interdit aux enfants. Le gamin ne venait pas, comme les adultes, dès le petit matin ; mais de l'après-midi jusque tard le soir, il ne quittait pas Gros-Yeux d'une semelle. Il l'aidait à transporter les sacs une fois remplis, à les fermer et à les regrouper par catégories.

— C'est pas un travail pour toi, lui disait la mère de Gros-Yeux, qui le prenait en pitié. Laisse-nous faire, ton frère et moi, va te reposer.

Comme son père n'était plus là, il semblait vouloir mériter son riz. On avait beau lui dire de se retirer du site, il n'en restait pas moins là, sans rien dire, à récupérer les objets que Gros-Yeux faisait glisser derrière lui. Si, au début, l'homme au casque – il était devenu le chef de leur section – l'empêchait de s'approcher, il avait fini par tolérer qu'il aide son frère à condition de rester en bas des tas d'ordures. La mère lui avait confectionné un masque avec une serviette et donné des gants de coton renforcés par une couche de caoutchouc rouge. Ainsi équipé, le gamin semblait devenu un ouvrier à part entière. Quand le travail de l'après-midi et du soir touchait à sa fin, il faisait déjà sombre comme en plein milieu de la nuit. En l'absence d'Ashura, Gros-Yeux et le Pelé mangeaient avec la mère. Un soir, alors qu'elle était occupée à préparer les plateaux, elle demanda à son fils :

— Où est ton frère ? Va vite le chercher.

— Il était avec moi tout à l'heure, un moment après je l'ai plus vu.

— Peut-être qu'il est allé à l'église. En ce moment ils distribuent pas mal de choses.

— Il y va plus beaucoup…

— Demain matin, j'irai au poste de police. Son père va être transféré à la prison, il faut que j'aille le voir avant, expliqua-t-elle à Gros-Yeux assis devant son plateau. Je me demande bien, aussi, ce que ton père est devenu… En tout cas, pour nous, ça devrait aller mieux : j'ai l'intention de passer chez les indépendants.

— Et la commission ?

— On trouvera bien un moyen, répondit-elle avec détachement.

Ils mangèrent entre eux. Puis, ayant regagné sa cabane, Gros-Yeux alluma une bougie : la combinaison du Pelé, ses gants, son masque gisaient en désordre au milieu de la pièce. En soulevant les gants, Gros-Yeux fut pris d'une idée. Il sortit, courut dans la ruelle où s'alignaient toutes ces piteuses cabanes de carton et de plastique, il traversa les champs maintenant couverts d'herbes sèches, gravit la colline, puis, sautant à travers les sillons, il descendit vers la berge. Dans leur QG, point de lumière, pas un chat. Où était donc passé le Pelé ? Il resta là un moment, allongé, les jambes glissées dans un des sacs de couchage sans doute apportés par la Taupe et ses acolytes, dont les plumes pointaient à travers la toile de coton.

Le Pelé était effectivement passé à la cabane en quittant le travail, puis il était allé au QG. Il avait pensé toute la journée aux Kim et à leur village, et il avait eu envie de revoir leur messager. Il faisait sombre et, comme les autres fois, il était resté à attendre l'apparition des lueurs bleues au milieu des miscanthus géants de la berge. Au bout d'un long moment, il avait vu monter non pas des lueurs bleues, mais une ombre. A sa façon de marcher, lentement mais avec assurance, il sut que c'était le gamin. Il alla à sa rencontre.

— Je t'attendais, hi hi!

Afin de maintenir une certaine distance, l'enfant fit un pas de côté qui déstabilisa le Pelé.

— Il me semblait bien que tu me cherchais, dit-il en riant.

— J'aimerais retourner dans ton village.

L'enfant rit de nouveau au lieu de répondre à la question.

— Mon grand-père m'a dit de te montrer quelque chose d'extraordinaire.

Et il fit signe au Pelé de le suivre. Peu après, il disparut, remplacé par une lueur bleue qui glissait, flottait, s'arrêtait, repartait. Le Pelé courait derrière. Tout en la poursuivant, il gravit la colline et redescendit sur l'autre versant. Et voici qu'il avait atteint non pas le petit village de chaumières, mais son village de cabanes. Déjà, il se trouvait à proximité de la décharge. Le travail était terminé depuis longtemps, il n'y avait plus personne, ni aucun engin. La lueur s'avançait dans la décharge tout juste recouverte d'une couche de terre humide et mal tassée où les pieds s'enfonçaient, hérissée ici et là de débris de toute sorte. L'ombre noire de l'enfant réapparut :

— Par là, il doit y avoir quelque chose.

Le Pelé s'accroupit pour gratter la terre à mains nues. Il dégagea l'extrémité d'un sac en plastique fermé par un ruban. Il tira comme on arrache une plante. Quand il se retourna pour demander de quoi il s'agissait, l'ombre s'était éloignée :

— Au revoir, à bientôt !

Et d'un bond, elle fut hors de sa vue. Dénouant le ruban, le Pelé introduisit sa main dans le sac. Il y avait quelque chose de solide enroulé dans du papier journal, et aussi un tissu très doux. De ses ongles, il déchira un coin du papier et tâtonna. C'était une liasse de coupures rectangulaires. Il jeta un coup d'œil circulaire autour de lui dans l'obscurité avant de rebrousser chemin.

Gros-Yeux commençait à somnoler, les jambes dans le sac de couchage, quand il sentit une présence dehors. Il ouvrit la porte et demanda à voix haute :

— C'est toi, le Pelé ?

— Houu ! tu m'as fait peur.

— Qu'est-ce que tu fous là ? T'as même pas mangé, où t'étais passé ?

— Comme y avait de la lumière, j'osais pas entrer, je pensais pas que ce serait toi…

Les deux garçons s'assirent à l'intérieur.

— Qu'est-ce que tu apportes, demanda Gros-Yeux ? C'est à manger ?

— J'sais pas, c'est quelque chose que je viens de ramasser, justement j'essaie de voir ce que c'est, hi hi !

Le Pelé retourna le sac en plastique noir. La liasse que laissait apercevoir le journal déchiré, c'était des billets de banque serrés dans une bande de papier. Quatre mains se hâtèrent de les dégager de leur emballage. Il y avait cinq liasses, dont l'une plus petite que les autres. Alors, chacun de regarder, tour à tour, son compagnon étonné, puis les liasses de billets.

— Une seule liasse, ça doit faire un million de wons, dit Gros-Yeux. La petite, c'est des dollars, j'en ai déjà vu.

— Un… un million ? fit le Pelé en se reculant.

Il avait peur, comme s'il venait de commettre un crime.

— T'as ramassé ça dans le dépotoir ? demanda Gros-Yeux.

Le Pelé fit oui de la tête :

— J'ai revu le petit de chez les Kim. Il m'a dit de le suivre, qu'il allait me montrer quelque chose d'extra-ordinaire. Je l'ai suivi et voilà.

Gros-Yeux dénoua le cordon de la sacoche de soie rouge. Elle contenait une chaîne en or, un petit cochon et une tortue également en or, et deux bagues rutilantes. Le Pelé s'approcha, attiré davantage par ces bijoux que par l'argent. Il prit le cochon et la tortue sur sa paume pour les admirer en écarquillant les yeux :

— C'est drôlement joli, on va les donner à notre mère, hi hi !

Gros-Yeux les lui reprit pour les remettre dans la sacoche, qu'il noua et glissa dans la poche de la veste.

— Ces choses-là, c'est facile à perdre, je les garde.

— Non, je vais les offrir à notre mère, s'obstinait le Pelé.

Gros-Yeux le raisonna :

— Oui, c'est toi qui les lui offriras, mais je les garde jusqu'à la maison, ça se perd facilement, ces choses-là.

Gros-Yeux se mit à réfléchir. S'ils disaient à sa mère qu'ils avaient trouvé des bijoux, vu son caractère, elle allait sûrement vouloir aller les déclarer au bureau de l'administration. Ne lui avait-elle pas raconté que, petite, quand elle allait à l'école, si jamais quelque chose venait à disparaître, tous les soupçons pesaient sur les enfants de l'orphelinat. Passer pour une voleuse était à ses yeux la plus grande infamie. Et surtout, depuis que le père de Gros-Yeux avait fait de la prison pour vol, c'était devenu pour elle une véritable obsession. Mais l'argent, pensait Gros-Yeux, ça circulait, c'était anonyme, tout le monde en avait, la mère accepterait peut-être sans trop sourciller.

— Grand frère, rentrons vite.

— Oui, d'accord.

Les deux garçons retournèrent au village. Ils passèrent d'abord à leur cabane. La mère semblait déjà dormir dans la cabane voisine. Gros-Yeux replaça les bijoux et l'argent dans le sac plastique qu'il ferma soigneusement et dissimula au fond du carton qui lui servait de rangement.

— Si tu lui donnais ces belles choses, chuchota-t-il à l'oreille de son compagnon, je suis sûr qu'elle se fâcherait. Le bien des autres, elle aime pas. On va garder tout ça entre nous.

— Mais pourquoi qu'elle aime pas ? demanda le Pelé en fronçant les sourcils.

— Elle nous dirait certainement de retourner tout ça à son propriétaire. Ecoute, faut pas en parler aux autres, jamais, sinon ça devient grave.

— Promis, je dis rien, juré.

Gros-Yeux répéta sa recommandation : il fallait absolument que le Pelé tienne sa langue.

— Si jamais les autres l'apprennent, on ira en prison !

— Comme mon père ? demanda le Pelé en faisant des yeux tout ronds.

Gros-Yeux confirma en hochant exagérément la tête.

— On pourrait aller au centre-ville demain ou après-demain.

— En ville, là-bas, de l'autre côté du fleuve ? Oh là là, génial !

Il parlait de plus en plus fort. Son aîné fut obligé de lui mettre la main sur la bouche.

Gros-Yeux se réveilla le lendemain à l'aube sans avoir à lutter contre le sommeil, mais, se rappelant que sa mère devait aller au poste de police, il tira la couverture sur sa tête pour se rendormir. Alors qu'il dormait profondément, sa mère entrouvrit la porte pour lui annoncer :

— J'y vais, tu feras réchauffer le reste de riz pour vous deux. Pas la peine d'aller travailler aujourd'hui.

— Mouiii… marmonna son fils de dessous la couverture.

Il n'aurait, de toute façon, pas eu le temps de parler à sa mère des objets trouvés. Elle était déjà partie. Il aurait voulu dormir un peu plus, mais son esprit était devenu clair. Et comme il réfléchissait à ce qu'il faudrait faire de l'argent et des bijoux, son cœur battait fort, comme la veille. Conserver les bijoux, cela deviendrait encombrant pour eux, à la différence de l'argent. Son père, dans ces cas-là, parlait de recel ; ses mots résonnaient encore à ses oreilles : « Ces choses-là, soit on les garde, soit on les revend, au risque de se faire prendre. » Le mieux, n'était-ce pas de les passer au papy du bric-à-brac ? D'après les explications du Pelé, il était clair que la famille Kim les leur avait offerts pour les remercier de la gelée de farine de sarrasin. La maman de la Maigrichonne devait avoir sa part, mais comme elle perdait la tête de temps en temps, le mieux serait de donner tout ça à son père. C'était quelqu'un de confiance. L'argent, il le cacherait, puis il le passerait à sa mère quand l'occasion se présenterait. Mais il avait aussi envie d'en dépenser autant qu'il voulait, juste une fois. Après avoir vérifié que le Pelé dormait profondément, il ressortit le sac du carton. Il se rendit dans la cabane de sa mère, souleva un coin du linoléum, les couches de carton, de polystyrène et de plastique. Avec les outils entreposés devant l'entrée, il creusa la terre. Dans le trou, il fourra le sac – duquel il avait retiré une liasse de billets et les bijoux –, puis le recouvrit avec la terre. Comme cela faisait une bosse, il racla l'excédent de terre qu'il jeta dehors, aplanit le sol et remit en place les différentes couches constituant le revêtement. Il enfouit les bijoux et la liasse de billets dans la poche de son blouson, puis tapota dessus. Soulagé, il esquissa malgré lui un sourire de satisfaction.

Quand le Pelé vint passer sa tête mal réveillée par la porte, Gros-Yeux, tout fringant, alluma le réchaud pour faire frire le riz avec du *kimchi* et de la sauce de piment pour le petit déjeuner. Les deux amis mangèrent directement dans la poêle, plantant leur cuiller à tour de rôle dans le riz. Gros-Yeux proposa :

— On va aller faire un tour en ville aujourd'hui.

— C'est vrai ? Chouette !

— Et puis, les bijoux, ma mère elle aimerait pas. Si on allait les donner au papy du bric-à-brac ?

— Au papy ? Pas à la maman de la Maigrichonne ? rétorqua le Pelé en ouvrant tout grand les yeux.

— Des fois, elle perd la tête, tu sais bien, elle risque de les égarer tout de suite. On va les confier au grand-père, t'en parles pas, d'accord ?

— D'accord, on les confie au grand-père, hi hi!

Les deux garçons passèrent devant le bureau de l'administration, devant la petite boutique, puis marchèrent à travers champs. Le Pelé était tellement content qu'il sautait de joie tandis que Gros-Yeux allait la tête baissée : il avait l'impression d'être regardé par une multitude d'yeux indiscrets. Quand ils arrivèrent chez la Maigrichonne, la chienne aboya et la femme passa la tête dans l'entrebâillement de la porte.

— Dites, le grand-père, il est où? demanda Gros-Yeux.

— Il était là il y a un instant. Va voir derrière.

Pendant que le Pelé prenait la Maigrichonne dans ses bras et jouait avec les autres chiens, Gros-Yeux se rendit derrière la serre, là où étaient entassés les appareils électroménagers mis au rebut. Portant un masque et une casquette, l'homme était occupé, avec l'aide de deux dames, à démonter des appareils et à récupérer des pièces.

— Grand-père…

Arrêtant son travail, il se redressa :

— Quel bon vent t'amène?

Il s'approcha de l'adolescent tout en enlevant ses lunettes de protection et sa casquette, et en baissant son masque :

— On a besoin de moi à la maison?

— J'ai quelque chose à vous donner.

L'homme, souriant, suivit l'adolescent.

— Tu veux me donner quelque chose? Ah bon, qu'est-ce que ça veut dire?

Quand ils furent à quelque distance, Gros-Yeux tira la sacoche en soie de la poche de son blouson :

— C'est pour vous.

L'homme l'ouvrit, regarda, et, d'un air grave, demanda :

— D'où ça vient tout ça ?

— On l'a trouvé dans le dépotoir.

Les traits du visage de l'homme se détendirent, il retrouva son sourire habituel.

— Si ce sont des objets trouvés, sans propriétaire, tu devrais les donner à ta mère, non ?

— Elle en veut pas. En fait, il y avait aussi un peu d'argent.

L'homme fourra la sacoche dans sa poche, puis :

— Ah ah, vous êtes copains avec les fantômes… Il s'en passe, des choses, hein ? Allez, viens déjeuner avec nous.

Il resta sur place, regardant Gros-Yeux courir jusqu'à la maison. La Maigrichonne dans les bras, la femme appela : « A table ! » Mais Gros-Yeux se contenta de lui adresser un petit signe de la main avant de partir en courant avec le Pelé qu'il avait récupéré au passage. Il se sentait si léger que pour un peu il aurait volé.

*

Gros-Yeux emmena le Pelé en ville. Il fallait faire attention car sa mère, qui s'était rendue à la police, s'y trouvait aussi. Le Pelé portait une casquette déchirée, un blouson ouaté gris, tout luisant de crasse, un jean trop grand coupé en bas à la va-comme-je-te-pousse. Comme ces vêtements, il les portait depuis l'automne, la saleté allait de soi et la puanteur plus encore. Quant à Gros-Yeux, il avait un blouson brun doublé de faux cuir et un jean, tous deux de récupération. Il les avait bien lavés avant de les porter, mais cela faisait un mois et demi qu'il travaillait avec sans jamais s'en défaire.

Après avoir traversé le pont sur la petite rivière, les deux garçons prirent le bus. Plusieurs passagers se pincèrent le nez en changeant de place, tandis que le chauffeur, les yeux dans le rétroviseur intérieur, leur criait d'aller tout au fond, sur la dernière banquette. Gros-Yeux avait vu comment les adultes procédaient quand ils allaient en ville : la première chose qu'ils faisaient une fois parvenus à destination, c'était d'aller s'acheter des vêtements neufs. Gros-Yeux s'enquit du quartier où se trouvaient les boutiques de vêtements. En voyant les deux larrons s'aventurer dans son magasin, la dame grassouillette qui somnolait dans un coin fut immédiatement sur ses pieds. Elle s'adressa à eux en se pinçant le nez mais sans se départir de son sourire bienveillant :

— Dites donc, les enfants, quelle odeur !

Gros-Yeux choisit une chemise à carreaux et une parka noire en duvet de canard ; pour son copain, il fit le choix d'une chemise presque semblable à la sienne et d'une parka bleue.

— Vous venez de l'Ile aux Fleurs ? Il faut changer aussi les sous-vêtements…

S'il était venu avec sa mère, elle aurait fui après avoir demandé le prix, mais lui, il paya sans sourciller. Ils se changèrent, chemise et pantalon, gardant les nouveaux sous-vêtements et les nouvelles chaussettes dans un sac. Ils achetèrent aussi des casquettes de base-ball bleues. Le Pelé tint à conserver l'ancienne, pliée dans la poche arrière de son pantalon. Les vêtements dans lesquels ils étaient venus furent jetés sur place. La dame les enfouit dans un sac-poubelle en se pinçant le nez. Ils circuleraient un peu avant de retourner à l'Ile aux Fleurs.

Les deux garçons entrèrent dans un magasin de chaussures à deux pas de là pour s'acheter des baskets.

De joie, le Pelé frappait le sol du pied avec ses nouvelles chaussures, il respirait la bonne odeur des manches de son blouson. Gros-Yeux se rengorgeait, il était maintenant un jeune comme les autres. Ils cherchèrent un bain public. La grand-mère au guichet ne se pinça pas le nez quand ils se présentèrent. Il n'y avait personne dans le bain, car on était en plein milieu de la journée. Un pommeau de douche déversait de l'eau chaude comme une averse. Plaçant sa main dessous, le Pelé éclata de rire. Comme il trouvait l'eau trop chaude, Gros-Yeux dut le pousser. L'eau de la baignoire, remplie depuis le matin était à la bonne température. Des adultes auraient sans doute ajouté de l'eau chaude, mais Gros-Yeux, béat, restait là, immobile, immergé jusqu'au cou. Il sentait son corps se détendre, son entrejambe s'amollir. Pris d'une soudaine envie de pisser, il céda malgré lui. Une auréole jaunâtre l'encercla. Qu'importe, se dit-il, puisqu'il n'y a que nous. Il invita son copain qui s'amusait à verser de l'eau avec une louche à le rejoindre dans le bain :

— Tu veux pas venir ?

— Je veux pas, c'est trop chaud !

— Pas du tout, essaie, on se sent drôlement bien…

Le Pelé trempa la pointe d'un pied sur la première marche de l'escalier.

— Tu vois, c'est pas si chaud ?

Il entra petit à petit dans le bain, mais resta assis sur la margelle intérieure, ce qui lui permettait de ne pas s'immerger complètement. Ils demeurèrent longtemps dans l'eau chaude avant d'en sortir pour se savonner et se décrasser. Gros-Yeux lava d'abord le Pelé. Il se rappelait la façon dont son père lui frottait le dos, il se rappelait aussi les petites fessées qu'il recevait quand il se plaignait d'avoir mal. En lavant les cheveux du gamin, il put examiner sa cicatrice. En un endroit aussi large que la paume, il n'y avait plus de cheveux, c'est la peau elle-même qui apparaissait, plissée et suppurante. Les cheveux étaient collés comme du gâteau du riz gluant, et quand à plusieurs reprises il savonna et rinça, une eau noire coula à flots. Au sortir du bain, ils étaient tout autres. La peau de Gros-Yeux avait retrouvé son teint clair. Il resplendissait avec ses cheveux en bataille, ses joues bien rouges et luisantes. Ils changèrent de sous-vêtements et de chaussettes, et enfilèrent leur blouson neuf. Ils avaient l'air de jeunes enfants éveillés revenant de leurs cours privés. En sortant du bain, le Pelé taquina Gros-Yeux :

— Grand frère, je vais pas te reconnaître, hi hi !

— Moi non plus, je te reconnais pas. Qui est-ce qui oserait t'appeler le Pelé maintenant ?

— J'ai aussi un nom : Yongkil.

Cloué sur place, Gros-Yeux rigola de bon cœur un bon moment :

— Yongkil… C'est ton nom ? Ha ha ha ! C'est marrant comme tout !

— Et toi, c'est quoi ton nom à l'école ?

— Jeongho, Choi Jeongho… fit Gros-Yeux sans réfléchir.

— Hi hi hi ! Choi Jeongho ? C'est dingue !

Dans la rue, ils s'interpellaient par leur vrai nom, rigolaient, s'appelaient de nouveau.

Ils prirent un autre bus local qui longeait le fleuve à la périphérie de la grande ville. Le front collé à la vitre, Gros-Yeux dévorait le paysage urbain qui défilait sous ses yeux. Il se disait qu'il faudrait bientôt descendre pour prendre le métro. Chose étrange, les gens de la rue avaient un visage différent de ceux du village de l'Ile aux Fleurs, ils étaient habillés tout autrement. Le Pelé lui demanda en se tournant vers lui :

— Regarde, les gens ici, ils ont tous le même air que les agents du bureau de l'administration.

Gros-Yeux faillit lui dire que c'étaient eux, les deux garçons, qui étaient différents, mais il se retint. Tous deux descendirent au terminus pour prendre le métro. Face à l'escalier mécanique, le Pelé eut peur :

— Grand frère, où on va ? L'escalier, il bouge !

— On descend sous terre.

— Non, je veux pas, on remonte !

— On va prendre le métro, c'est le train qui roule sous la terre.

Dans le métro, le Pelé, tendu, ne lâcha pas la main de Gros-Yeux. Ce dernier, en se fiant au plan, savait à peu près où descendre. Il avait envie de retourner voir son ancien quartier, celui du marché, à la périphérie est. Comme ils venaient de l'ouest, il leur fallait traverser toute la ville. Le trajet prit une heure. Le Pelé avait fini par s'endormir, la tête posée sur l'épaule de son aîné. Gros-Yeux le réveilla à la station qu'il avait repérée. Ils descendirent. Pressé de remonter en surface, Gros-Yeux accélérait le pas.

— Grand frère, j'ai faim, fit savoir le Pelé, geignard.

Gros-Yeux avait pensé, lui aussi, à aller manger quelque chose en sortant du bain public. Dès qu'ils eurent regagné l'extérieur, il reconnut la passerelle qu'il avait franchie tant de fois par le passé, les centres commerciaux au carrefour qui lui étaient familiers et l'entrée du marché toujours encombrée de motos et de camionnettes. Gros-Yeux opta pour le restaurant chinois au premier étage de l'immeuble qui faisait l'angle à l'entrée du marché. En montant l'escalier, il demanda :

— T'as déjà mangé du *jajangmyeon*[1] ?

— Non, c'est quoi ?

S'abstenant de répondre, Gros-Yeux poussa la porte du geste sûr des habitués. Bien que l'heure de déjeuner fût largement passée, la salle était encore quasiment pleine. Ils prirent place près de l'entrée, et Gros-Yeux commanda deux *jajangmyeon* double portion. Quand le plat fut servi :

— Mais si, j'en ai déjà mangé y a longtemps, fit le Pelé en ouvrant tout grand la bouche. J'ai souvent repensé à ces nouilles en sauce noire, hi hi !

— T'habitais où avant ?

— Je sais pas, me souviens pas. J'allais un peu à l'école, et puis ma mère a disparu et tout de suite on est venus à l'Ile aux Fleurs.

Il y avait longtemps que Gros-Yeux n'avait pas, lui non plus, mangé de ces nouilles chinoises. Il ne prenait pas le temps de mâcher, elles passaient toutes seules. Une fois son assiette terminée, le Pelé dit :

— Grand frère, on reste ici, on retourne pas au village.

— On reviendra. La prochaine fois, on amènera notre mère.

Dans la cohue du marché, Gros-Yeux retrouva l'endroit où, par le passé, sa mère avait son étal. Dans un premier temps, les vendeuses, assises par terre, ne le reconnurent pas. Mais quand, s'accroupissant près d'elles, il les salua, l'une d'elles le remit :

— Mais… c'est pas le fils de la dame qu'était toujours si réservée ?

---

1. *Jajangmyeon* : nouilles à la sauce de soja.

La marchande de légumes, femme joviale et toujours souriante, lui fit un accueil bruyant et joyeux :

— Alors ta maman, elle s'est donc remariée ? Te voilà tout beau maintenant ! Là où vous avez déménagé, c'est bien ?

Gros-Yeux répondit en enjolivant les choses comme il est de coutume dans ces villages :

— Oui, elle a loué un local pour son commerce.

— Et ce petit gars, qui c'est ?

— C'est mon petit frère.

— Alors, c'est que tu as un beau-père ? conclut-elle en éclatant de rire.

Après avoir, malgré lui, mis de l'animation dans le marché, Gros-Yeux n'avait plus tellement envie d'aller voir les jeunes femmes de l'atelier de couture ni ses anciens copains. Quand il était à l'Ile aux Fleurs, il avait la nostalgie de ce village, mais maintenant qu'il y était revenu, il ne lui trouvait plus le même intérêt. Fourrant la main dans sa poche, il sentit l'épaisse enveloppe. Il quitta le marché, entraînant son compagnon avec lui.

— Où est-ce qu'on va maintenant ?

Gros-Yeux se souvenait d'un lieu resté ancré dans sa mémoire. Il y a longtemps, à l'époque où son père dirigeait un petit groupe de ferrailleurs de son arrondissement, ils étaient sortis un soir en famille. Ce devait être pour l'anniversaire de sa mère. Tous trois étaient allés manger un *bulgogi*[1] au centre-ville. Ce jour-là, son père avait voulu offrir une paire de chaussures à sa femme. En tournant dans le grand magasin à la recherche des chaussures, montant et descendant par

---

1. *Bulgogi* : viande marinée puis grillée.

l'escalator, ils étaient tombés sur le rayon des jouets pour enfants. En face de l'escalier, il y avait un espace ouvert où s'était aggluriné un grand nombre d'enfants. Gros-Yeux s'était fait une place pour mieux voir. Un train électrique courait sur un circuit miniature de chemin de fer. Il y avait une gare minuscule, des bois, un village, des personnages pas plus hauts que le doigt, et des maisons aux toits pointus. Un peu plus loin, un ours se mouvait lentement, un lapin sautait sur ses pattes arrière, un singe frappait un tambour. Au bout d'un moment, le père avait soulevé son fils qui insistait pour qu'on lui achète le train, et l'avait emmené avec lui sur l'escalator. Longtemps, Gros-Yeux s'était souvenu de ce qu'il avait vu là, dans le grand magasin.

Les deux enfants prirent un bus pour aller dans la partie sud de la ville. Ils descendirent à un grand carrefour. Il y avait de nombreux immeubles de bureaux, des hôtels, des petits et des grands magasins, des bars et des restaurants. Le Pelé levait les yeux, la bouche grande ouverte. Gros-Yeux, qui le tenait par la main, cherchait le grand magasin d'autrefois. A quelques jours de Noël, les arbres, le long des avenues, ruisselaient de lumières et de décorations de Noël étincelantes.

Il trouva enfin le grand magasin de ses rêves. Sur la façade, il y avait des rênes tirant un père Noël sur une luge ; partout, des paquets-cadeaux ceints d'un ruban rouge, des étoiles étincelantes symbolisant la neige ; devant l'entrée, un arbre de Noël aux branches couvertes de neige artificielle, décoré de boules dorées, argentées, rouges, bleues, et une grande étoile à son sommet. Partout, on entendait des chants de Noël, joyeux et angéliques. Le Pelé ne savait où donner de la tête.

— C'est qui, ce papy?

Gros-Yeux lui resservit ce que lui-même avait entendu dans son enfance :

— Tu connais donc pas le père Noël? Il se rend en cachette chez les enfants sages pour leur apporter des cadeaux.

— Je crois que je l'ai vu dans des illustrations à l'école de l'église, répondit le Pelé, dépité. C'est pas lui qui viendrait chez nous!

— En fait, fit Gros-Yeux, tout ça, c'est des mensonges inventés par les marchands pour vendre plus.

C'est d'ailleurs ce qu'il pensait depuis qu'il n'était plus un enfant. Le Pelé répondit en riant :

— Nous, on a la famille Kim, hi hi!

Gros-Yeux se sentit de meilleure humeur en pensant que ceux-là ne viendraient jamais dans ce quartier. Les gens se ruaient vers un rayon non loin de l'entrée. Il y avait, disposés en pyramide sur un plateau, des chocolats de toutes les couleurs, rouges, bleus, argent, emballés dans de beaux papiers, des carrés, des ovales en forme d'œuf, des fourrés aux amandes. Une jeune fille en uniforme les distribuait aux enfants qui se pressaient autour d'elle, juste un chacun. Gros-Yeux se rua sur le plateau, s'empara d'une poignée de chocolats et s'enfuit. L'hôtesse, médusée, faillit crier, mais elle renonça.

Gros-Yeux partagea son butin avec son copain, lequel, après avoir avalé deux chocolats de suite, s'exclama :

— Grand frère, qui c'est qui a fait ces trucs? Ça fait fondre la langue, hi hi!

Ils entrèrent tous deux dans le magasin, se tenant toujours par la main. Devant tant de marchandises exposées sur les présentoirs, derrière des vitres reluisantes, ils avaient la tête qui tournait. Ils passèrent par

146

le coin des montres, des colliers, des accessoires, des produits cosmétiques, tout cela brillait de mille feux. Ils avançaient en écartant la foule du coude. Chaque fois, il leur fallait faire le tour de l'étage pour trouver l'escalator qui montait. Très vite, Gros-Yeux laissa entendre qu'il savait désormais comment s'y prendre.

Il trouva enfin le rayon qu'il cherchait. Il y avait là, dans un vaste espace, des peluches, des poupées, des automobiles, des avions, des tanks, des hélicoptères, le train sur le circuit ferroviaire qu'il avait vu dans son enfance, des revolvers, des mitraillettes, des robots munis d'armes au laser, des cartons contenant plusieurs dizaines d'automobiles – véhicules de pompiers et de police, voitures de course, et toute une variété d'autos –, des consoles de jeu de toute sorte. Gros-Yeux était étourdi, et le Pelé plus encore. Ce dernier ne pouvait bouger, il était médusé, contemplant béat toutes ces merveilles extraordinaires. Quand il sembla enfin retrouver ses esprits, il commença à les toucher, les soulever, les prendre dans ses bras et les actionner tout en riant. Un monsieur en chemise-cravate s'approcha pour lui demander :

— Est-ce qu'il y a quelque chose qui te plaît ? Il faut pas toucher comme ça n'importe comment !

Levant les yeux vers le vendeur, Gros-Yeux affirma avec assurance :

— Je veux offrir un cadeau à mon frère.

— Vrai ? Un instant, je vais te montrer quelque chose qui fait le bonheur de tous les enfants.

Le vendeur alla chercher une boîte sur une étagère, dont il tira un objet pas plus grand qu'un petit livre. Il appuya sur le bouton, une lumière apparut et une image sur l'écran s'anima.

— Tu dois savoir ce que c'est, non ? C'est Super Mario !

Le Pelé ne pouvait détacher ses yeux de l'écran où Super Mario sautait, volait, grimpait sur un pic, traversait une rivière pour combattre des monstres. Le vendeur fit une démonstration en se servant des deux boutons qu'il pressait et relâchait. Les bruits *ppyong! piririk!* qui accompagnaient les exploits de Mario rendaient le jeu encore plus excitant. Il passa la console au Pelé, lequel la posa sur ses genoux pour manipuler les commandes plus aisément. Les clients du magasin se retournaient en entendant son rire particulier, et ils riaient eux aussi. Le vendeur expliqua à Gros-Yeux :

— Ça fonctionne avec une pile, on peut jouer n'importe où. Tu veux lui acheter ça, à ton frère ? C'est un peu cher, tout de même…

Bien qu'il s'efforçât de ne pas le laisser paraître, Gros-Yeux était lui aussi complètement subjugué par Super Mario. Si lui et son copain jouaient à tour de rôle, les journées passeraient très vite.

— Oui, c'est d'accord, vous en avez un neuf ?

— Bien sûr, les enfants. Vous faites une bonne affaire, il n'y a qu'ici qu'on peut acheter Super Mario.

Gros-Yeux se dirigea vers la caisse en comptant ses billets.

— Dis donc, tu es riche ! s'étonna le vendeur. C'est votre maman qui vous a donné tout cet argent ?

— J'ai retiré toutes mes économies, répondit Gros-Yeux sans le regarder.

— Voilà ton reçu, fit le vendeur. Il faut le conserver si vous voulez bénéficier du service après-vente, ou pour un échange, au cas où. Tu n'as pas besoin d'autre chose ? Il y a un truc qui pourrait t'intéresser, ça s'appelle la Guerre des planètes…

Avec son achat dans un sac, Gros-Yeux rejoignit son compagnon toujours en train de s'amuser avec la console de démonstration.

— Regarde, j'en ai acheté un neuf.

Posant sa console, le Pelé se précipita pour lui arracher le sac :

— C'est moi qui le porte !

Il y avait tant de merveilles dans le magasin que les deux enfants étaient bien incapables de se souvenir de tout ce qu'ils avaient vu lorsqu'ils redescendirent par l'escalator. Gros-Yeux s'arrêta devant le coin des bonnets, des gants et des foulards. Il pourrait offrir, pensait-il, une paire de gants et un foulard à sa mère. Mais soudain il aperçut une jeune fille dans le passage devant la boutique d'en face. Avec ses cheveux mi-longs, son manteau marron et ses chaussettes noires, elle était exactement comme celle qu'il avait croisée jadis sur la passerelle. Ses pas le dirigèrent vers elle sans qu'il s'en rende compte. Quand il tourna l'angle, elle avait disparu. Il parcourut plusieurs allées entre les boutiques à sa recherche, et l'aperçut enfin sur un escalator qui montait. Elle était déjà presque arrivée en haut. Il se lança sur les marches, les enjambant deux par deux. Il la retrouva en train de regarder quelque article dans le coin papeterie. Il s'approcha d'elle tout essoufflé. Mais il s'arrêta tout net quand il se trouva juste un pas derrière elle. Il avait oublié ce qu'il voulait dire, sa tête lui semblait vide. Je… je vous connais bien, depuis longtemps… Je suis tellement ravi de vous revoir ici, par hasard. Des banalités pareilles, non, il ne pourrait pas les dire ; ni non plus ce que disaient autrefois les garçons plus grands que lui quand ils draguaient les filles de son village : « Vous auriez pas un peu de temps à m'accorder ? » Pourquoi l'avoir suivie jusque-là à en perdre le souffle ? La vendeuse, qui donnait des explications à la jeune fille, remarqua la présence de l'adolescent. Sa cliente se retourna brièvement pour aussitôt reprendre sa position face à la vendeuse. Son visage était celui, tout à fait quelconque, des lycéennes qu'on croisait dans la rue, il était dépourvu de cet éclat qu'il avait cru voir à distance. Déçu, mais aussi soulagé, il poussa un soupir, fit un tour dans la boutique qui lui permit de passer tout près d'elle, et redescendit à l'étage inférieur. C'est très bien que ce ne soit pas elle. Sinon, je me serais senti si malheureux ! Il ressentait vivement ce qu'aurait été sa souffrance.

C'est alors qu'il se rendit compte de la disparition de son compagnon. Inquiet, il courut partout dans les étages à la recherche de sa casquette bleue. Il ne la voyait nulle part. Pendant ces quelques instants où il s'était laissé distraire, le Pelé avait dû, comme ils avaient eu l'intention de le faire, descendre par l'escalator, et à présent il devait être en train de le chercher lui aussi. Gros-Yeux commençait à paniquer. Descendant à son tour, il regarda de tous les côtés, en haut, en bas, mais il n'était nulle part. Il inspecta le rez-de-chaussée, le plus bondé des niveaux, avant de remonter, car il était peut-être retourné à l'étage des gants et l'avait manqué ? Il examina scrupuleusement les lieux, partout autour des présentoirs de l'allée centrale. Où est-ce qu'il a bien pu passer ce petit con ? Il était au bord de larmes. Il redescendit par l'escalator en parcourant de nouveau tous les étages. Parvenu une nouvelle fois au rez-de-chaussée, à bout de forces, miné par l'inquiétude et la fureur, il s'accroupit un instant au pied d'un pilier et, alors qu'il s'apprêtait à se relever, il entendit les pleurs familiers. Il bondit, courut et découvrit une casquette bleue au milieu d'un cercle de curieux. Le Pelé pleurait. Un grand monsieur en costume-cravate tenait à la main le sac shopping du garçon. Gros-Yeux demanda en appuyant sur chaque syllabe :

— Tu étais là ? Pourquoi tu pleures ?

— Ce monsieur, i'm'a pris mon sac. I'm'a demandé si je l'ai volé.

Déjà l'adolescent fixait le gardien d'un œil torve. Celui-ci lui demanda tout de go :

— Tu as la facture ?

Gros-Yeux tira la facture froissée de la poche de sa parka et, par malice, la liasse de billets, qu'il mit sous le nez de l'inquisiteur.

— Voilà, c'est moi qui lui ai acheté.

— Ah bon.

Un gamin vêtu d'une parka bon marché courant, l'air perdu, avec un sac de shopping à la main, avait dû attirer l'attention du personnel. Alors qu'il se dirigeait vers la sortie en tenant le Pelé par la main, d'une voix puissante afin que tout le monde entende, Gros-Yeux cria à l'adresse du jeune gardien :

— Fils de chienne !

Une fois dans la rue, il avait la tête qui tournait, et surtout il avait soif.

— Mais où t'étais passé ?

— C'est toi qui as disparu sans rien dire, j'ai cru que t'étais parti sans moi, alors j'ai couru pour te rattraper.

Gros-Yeux emmena le Pelé dans le restaurant de hamburgers en face. Les deux enfants prirent place sur de hauts tabourets le long d'une large baie vitrée d'où ils contemplaient la procession des voitures et des passants. Sur la tablette devant eux, des hamburgers, des frites et un Coca. Tandis qu'il mangeait, le visage du gamin irradiait un si grand bonheur qu'on pouvait se demander s'il venait vraiment de pleurer.

— C'est bon! J'aimerais pouvoir en manger tous les jours, hi hi!

— C'est la première fois que tu manges ça?

Le Pelé acquiesça d'un signe de la tête, plusieurs fois. Gros-Yeux avait l'impression d'être devenu son père, puis il s'imagina un moment que c'était son propre père qui l'avait amené ici. Ses yeux, soudain, devinrent tout rouges. Il détourna la tête, feignant de s'intéresser à ce qui s'offrait à sa vue dans le fast-food. Son regard s'arrêta sur des jeunes filles. Parmi elles, certaines étaient de son âge. Trois lycéennes en uniforme étaient assises à une table en train de jacasser. Mais il les regarda sans émoi, à la différence de tout à l'heure, comme si entre-temps il était devenu adulte. Avait-il compris, en regardant le film, qu'il ne pourrait pas entrer dans la scène? Déjà, le soleil d'hiver se couchait et le crépuscule se glissait dans les rues. Les décorations de Noël dans les arbres étincelaient davantage, et, dans l'obscurité croissante, les vitrines flottaient comme des images.

6

Après le jour de l'an, il cessa de neiger, le temps devint plus clément, le vent, moins féroce. Quand il neigeait, les ordures étaient vite recouvertes, il devenait plus difficile de fouiller, plus difficile aussi d'étendre de la terre. La terre se mélangeait avec la neige qui fondait ou bien gelait, laissant les ordures en partie à découvert. Des ordures, il en arrivait tous les jours de nouvelles couches. Avec le dégel, il se formait de profondes crevasses, des affaissements, un peu partout. Tout le monde recommandait de tasser soigneusement les arrivages au fur à mesure en faisant intervenir les pelleteuses. Les fêtes du nouvel an passées, les travailleurs de l'Ile aux Fleurs avaient hâte de voir arriver le printemps.

La mère de Gros-Yeux avait changé de section, elle avait été admise dans la division des indépendants peu avant le nouvel an, affectée à la Centrale de recyclage. Ceux qui avaient payé une commission pour s'assurer l'exclusivité des navettes d'un camion étaient promus chefs. Ils partageaient les revenus de la collecte avec les employés de leur équipe. Les patrons des compagnies qui possédaient entre dix et vingt véhicules récupéraient eux-mêmes les objets et les faisaient recycler dans leur propre usine ou les remettaient à une usine plus importante. On les appelait les *chaebol*[1] de l'Ile aux Fleurs. Les secteurs gérés par les indépendants étaient les zones les plus rentables de la ville. Le montant de la commission était élevé, empêchant le plus grand nombre d'accéder à la division. La mère de Gros-Yeux était une personne habile et solide, elle s'occupait efficacement des camions dont elle avait la charge. Elle engagea même plusieurs dizaines de collecteurs. La rumeur disait qu'Ashura, avant d'être jeté en prison, lui avait donné plus de la moitié de ses économies, ce qui, aux yeux du plus grand nombre, était normal, tout à fait logique.

Au retour de leur virée en ville, Gros-Yeux et le Pelé apprirent à la mère que, dans l'angle de sa cabane, ils avaient enterré de l'argent trouvé dans la décharge. Elle souleva aussitôt le linoléum pour vérifier leurs dires. Remettant les liasses en place, elle annonça très calmement que lorsqu'il ferait meilleur, ils prendraient une location dans le village à proximité de la petite rivière. A compter de ce jour, elle donna au Pelé le nom de « Porte-bonheur ». Parfois, elle l'appelait de son vrai nom, Yongkil, mais le plus souvent elle demandait : « Où est passé mon Porte-bonheur ? » Elle ne gronda pas Gros-Yeux pour les dépenses qu'il avait faites sans compter, mais elle fit comprendre aux deux garçons que l'argent, ça ne se dépensait qu'au compte-gouttes, qu'il fallait le mettre de côté. Sinon, les autres auraient vite fait de les soupçonner. Elle ajouta que l'argent qu'on trouvait dans les poubelles appartenait à tous les pauvres. Comme convenu entre eux, Gros-Yeux et le

---

1. Les *chaebol* sont de grands conglomérats industriels et commerciaux.

Pelé ne dirent pas un mot de la famille Kim ni, non plus, de chez la Maigrichonne.

Le travail était devenu beaucoup plus supportable : la mère et les enfants ne prêtaient la main qu'au tri des objets collectés par les ouvriers. Au petit matin, la mère partait seule sur le chantier, les deux garçons ne la rejoignant que pour les fouilles de l'après-midi et du soir. Depuis qu'elle était passée dans la division des indépendants, il arrivait souvent à Gros-Yeux de croiser la Taupe. Ce dernier aidait son père, chef d'une section, et son grand frère, qui travaillait sous sa direction. Un jour, voyant Gros-Yeux décharger un sac plein de matières plastiques, la Taupe vint subrepticement s'asseoir près de lui.

— Dis, Gros-Yeux, tu veux pas aller en ville ?

— Qu'est-ce qu'i'y a là-bas ?

— Un film, un film pas mal.

— Ça fait une éternité que j'ai pas vu la télé, répondit Gros-Yeux nonchalamment. Le cinéma, bof ! C'est pas bien différent, on peut s'en passer.

— Ça s'appelle *La Guerre des étoiles*. Paraît que c'est un truc sensationnel. C'est ceux qui vont au collège qui m'ont dit.

— Ah bon ? Dans ce cas, attends une seconde.

Gros-Yeux recouvrit la ferraille et les cartons qu'il venait de regrouper. Il courut jusque chez lui pour se changer. Ils traversèrent le pont sur la petite rivière et prirent le bus qui allait en ville. Un homme d'âge moyen, apparemment aviné, leur cria :

— Hé, vous ! quand on vient de l'Ile aux Fleurs, on prend son bus, pas celui des autres, ça cocotte !

— Espèce de trou duc… ! rétorqua la Taupe sans se laisser intimider, enculé !

Le type se tut après avoir bougonné quelques mots incompréhensibles.

Les deux gamins descendirent en ville, ils se dirigèrent vers les rues commerçantes à pied. La Taupe proposa :

— Je t'invite au cinéma, tu paies le dîner.

— Qu'est-ce qu'on mange ? Y'a un restaurant de soupe au boudin.

La proposition de Gros-Yeux plut à la Taupe.

— I'paraît, quand on travaille dans la poussière, la graisse de porc, c'est ce qu'y a de mieux pour nettoyer.

— Qui c'est qui dit ça ?

— Mon grand frère. I'fait bouillir un carré de porc qu'il avale avec du *soju*.

Ils prirent place dans un angle du restaurant. Il n'y avait que trois hommes d'un âge assez avancé, sans doute des commerçants du coin, en train de boire du *soju* pour accompagner une tête de porc bouillie. Quand la patronne s'approcha, Gros-Yeux commanda deux soupes au boudin et du riz. La Taupe ajouta :

— … et une bouteille de *soju*, s'il vous plaît.

— Hein ? Non, pas question… vous êtes mineurs.

Un des clients, éméché, se retourna :

— Apportez-leur donc ! Nous, on ferme les yeux. Vous avez quel âge, les gosses ?

Rentrant le cou comme les tortues, la Taupe répondit :

— Dix-huit ans.

— A cet âge, intervint un autre, ils pourraient même faire leur service militaire, y en a des qui devancent l'appel. Nous, on buvait déjà du *makkolli* au collège, on n'avait pas peur de se pinter…

Gros-Yeux et la Taupe avalèrent leur soupe en silence, sans perdre une seconde. Quand ils furent dans la rue, Gros-Yeux protesta :

156

— Ça alors, dix-huit ans, tu pousses! T'as pas honte?... Tu veux vraiment du *soju*?

— On avait parlé de viande de porc et de *soju*, j'avais envie de boire un coup, c'est tout.

Gros-Yeux courut chercher une bouteille de *soju* dans le commerce le plus proche, qu'il tendit à la Taupe :

— Tiens, tu boiras en regardant le film.

Dans la salle de cinéma, il y avait surtout des enfants, plus quelques rares adultes. Les premières rangées étaient quasiment vides. Gros-Yeux et la Taupe s'installèrent dans l'une d'elles, les genoux calés contre le dossier du siège devant eux. Tandis que les héros du film volaient dans l'espace, luttaient contre les robots de l'empire ennemi à coups de sabre laser, les deux adolescents buvaient à tour de rôle, à petites gorgées. Ils tenaient leur bouteille de *soju* dissimulée dans un sac en plastique noir. Leur estomac s'échauffait, leurs joues s'enflammaient. Gros-Yeux s'était déjà enivré une fois avec du *makkolli* que les marchandes de son quartier lui avaient donné un jour pour s'amuser, mais le *soju*, c'était la première fois. La Taupe, de toute évidence, n'en était pas à sa première tentative. Après chaque gorgée, il laissait échapper un *khaaa...* sonore, histoire de montrer qu'il n'était pas novice dans l'art de boire. Une fois la bouteille vidée, les effets de l'ivresse se firent ressentir.

— Ben dis donc, ça chauffe!

— J'ai un marteau dans la tête!

Ils rigolaient, échangeaient des coups, fiers d'être ivres. Les héros du film bombardèrent le centre névralgique du vaisseau spatial de l'empire ennemi qui ressemblait à un gros ballon. A la fin, l'écran était tout entier en flammes. Sortant du cinéma, les deux garnements

157

se rendirent à l'arrêt de bus. Ils se sentaient bien, juste un peu ramollis.

— Je sais pas pourquoi on grandit pas, grommela la Taupe, quand je me lève chaque matin, je me vois encore comme un enfant…

Gros-Yeux se souvenait des jeunes de son village, qui devenaient idiots quand ils commençaient à avoir des poils, causant plein de problèmes. A vingt ans, on ne les voyait plus, ou alors, s'ils revenaient, ils ignoraient les gosses. Il devinait que devenir adulte ne menait pas forcément à une vie meilleure.

Alors qu'ils traversaient le pont sur la petite rivière, ils virent les gyrophares d'une ambulance et un attroupement devant le bureau de l'administration. En voyant venir la Taupe, un employé de la division des indépendants, lui dit :

— Dépêche-toi, c'est ton frère qui est blessé !

— Mon frère ?

La Taupe écarta la foule pour courir jusqu'à l'ambulance. Son père était devant le véhicule, son frère, à l'intérieur. La Taupe entra précipitamment dans l'ambulance, appelant son frère par son nom. Le père expliquait à un homme en blouse blanche qu'il était de la famille. En refermant la porte, l'infirmier lui dit :

— On ne peut prendre qu'un membre de la famille.

L'ambulance démarra dans le hurlement de sa sirène.

Le dernier camion de la journée était en train de décharger quand le sol avait cédé sous ses roues. Il s'était couché sur le côté, et le frère de la Taupe, qui dirigeait la manœuvre, s'était fait écraser.

— Au printemps, il faut vraiment faire attention. Partout, c'est des briquettes de charbon et de la glace : au fond du terril, c'est vide…

— Qu'est-ce qu'ils foutent, les mecs des engins lourds ? Fallait d'abord tasser un peu !

— C'est plus grave que ça, maintenant il y a aussi du gaz, quand on travaille on n'a plus d'air.

Chacun y allait de son commentaire. Gros-Yeux essaya d'en savoir davantage en interrogeant un homme de sa section qui se trouvait là :

— Il doit avoir les jambes complètement écrabouillées. Il est resté dessous plus de vingt minutes. On n'avait que des bulldozers et des pelleteuses, on a été obligés de soulever le camion à la force de nos bras.

Puis, baissant la voix, il ajouta :

— Quand on l'a tiré de là, on a vu, il avait les jambes laminées.

Chacun retournait dans sa cabane. Gros-Yeux rentra avec les autres. En approchant de chez lui, il entendit les *ping, porr* du jeu électronique. Chez sa mère, il y avait aussi de la lumière. Ouvrant la porte, il lui annonça :

— Un accident… quelqu'un s'est fait renverser par un camion dans la division des indépendants.

— J'en ai entendu parler, il faut faire attention. Tu as mangé ?

— Oui, maman.

De peur qu'elle ne sente l'odeur de l'alcool dans son haleine, il referma la porte sans en dire plus. Dans la pièce voisine, couché sur le ventre, la poitrine calée sur un oreiller, le Pelé jouait à Super Mario. Il s'était si bien fait la main que maintenant il atteignait des scores records après avoir franchi quantité d'obstacles et parcouru avec succès des circuits à haut risque. Son objectif, à ce moment précis, c'était de parvenir au but ultime, là où une fanfare éclate en même temps qu'un feu d'artifice. Gros-Yeux s'étendit à son côté, les yeux sur l'écran :

— Hé! sur le chemin, y a une bouche d'égout, attention, si tu tombes dedans, tout bascule.

— Je sais… fit le Pelé en s'écartant.

Puis, à haute voix :

— Pouah! tu pues! T'as bu?

— Chut! ma mère va t'entendre.

Distraction fatale, attaqué par un dinosaure, Mario tomba du haut d'un pic.

— C'est ta faute! C'est fichu!

Il reposa le jeu. Gros-Yeux demanda :

— T'as été chez la maman de la Maigrichonne récemment?

— Oui, elle est malade, elle parle plus.

Gros-Yeux et le Pelé étaient allés se faire offrir un bol de soupe de pâte de riz pour le nouvel an, puis ils avaient également revu la famille Kim. Depuis que sa mère avait changé de section, Gros-Yeux avait eu plus souvent l'occasion d'aller en ville, mais chez la maman de la Maigrichonne, il n'y était plus retourné.

— Et le petit de la famille Kim?

— Toute la famille est très occupée, répondit le Pelé, le printemps approche. Paraît qu'y'a encore plus de mauvais brouillard.

— Ce village… tu crois qu'il a vraiment existé? Qu'on n'a pas rêvé?

Les pensées de son compagnon voguaient ailleurs :

— Je rêve encore du quartier des magasins où on a été tous les deux, hi hi!

Quelques jours plus tard, en rentrant du travail, Gros-Yeux aperçut la Taupe qui marchait devant lui en titubant. Les femmes, devant les cabanes, s'écartaient en murmurant entre elles. Au lieu de s'arrêter chez lui, Gros-Yeux le suivit à pas lent. L'autre continuait en direction du haut de la colline. Gros-Yeux s'approcha. La Taupe se retourna, lui passa soudain le bras autour du cou, l'enlaça :

— Ah c'est toi, mon pote! tu tombes bien…

— Hé! pourquoi tu bois comme ça?

— Putain, j'ai trouvé une bouteille au travail, j'ai juste pris quelques verres, fallait pas?

Puis, montrant un sac noir :

— J'en ai encore une autre!

Gros-Yeux accompagna la Taupe, qui trébuchait dans la descente, jusqu'à leur QG. Ils allumèrent une bougie, s'assirent en tailleur face à face et se couvrirent les épaules d'une couverture et d'un sac de couchage. Décapsulant la bouteille avec les dents, la Taupe se mit à boire au goulot. Gros-Yeux parvint non sans mal à la lui arracher des mains. Se mordant les lèvres, son ami éclata en sanglots.

— On l'a amputé des deux jambes, mon frangin. I'marchera plus jamais. Et le vieux, i'pense qu'à obtenir des dédommagements…

— Arrête de boire, laisse-moi terminer.

Quelques jours plus tôt, après avoir bu, Gros-Yeux avait fort bien dormi. Ce souvenir aidant, il se disait maintenant que le *soju*, ce n'était finalement pas si redoutable. Ivre, il s'était pris pour un adulte, et la sensation ressentie lui avait semblé plutôt plaisante. Aujourd'hui, à la différence de cette première fois, il avait le ventre vide, et très vite il sentit son estomac le brûler. Après quelques gorgées, le feu s'étendit à tout son corps, jusqu'aux joues. L'alcool avait même perdu de son âpreté. Ils passèrent une heure ensemble à se dire qu'il ne fallait pas boire tout en buvant chaque fois un peu plus.

Toujours pleurnichant, la Taupe sortit de sa poche une sorte de dentifrice dont il répandit une petite quantité dans un sac qu'il approcha de son visage. Gros-Yeux savait parfaitement de quoi il s'agissait, mais il ne le retint pas. Dans le village de son enfance, il avait déjà essayé. Assemblés dans une maison vide dont les habitants avaient été évacués dans le cadre d'un projet de réaménagement, grands et petits avaient inhalé plusieurs bouffées les uns après les autres. Ils avaient tout d'abord dégueulé, puis ils s'étaient agités, ils étouffaient, ils étaient demeurés un moment sans forces avant de se relever en vacillant. La Taupe qui venait d'aspirer profondément plusieurs fois se renversa d'abord, puis, au bout d'un moment, il s'assit, complètement étourdi.

— Hé! t'as une gueule tout en longueur, fit-il, hilare, en pointant le doigt sur le visage de son copain.

Pendant qu'il agitait les bras comme pour s'envoler, Gros-Yeux parvint à s'emparer du sac dans sa poche.

— Je plane, regarde, je plane!

Il tenta de se lever mais il accrocha la table de son genou et, en tombant, souffla la bougie.

— Allez, il faut rentrer, lève-toi, lui dit Gros-Yeux qui le soutenait.

— Mais où il est passé ce truc? grognait la Taupe en tâtonnant dans ses poches, faut que j'en prenne encore.

Gros-Yeux le força à se tenir debout sur ses jambes. Ils se mirent en route, marchant d'une extrême lenteur, s'arrêtant pour se reposer et reprenant leur marche à travers les champs au milieu des herbes sèches. Un bras autour de sa taille, Gros-Yeux épaulait son compagnon dont les membres ondulaient comme les tentacules d'une pieuvre. Quand, dans cet équipage, ils traversèrent l'aire de tri, l'homme au casque, qui buvait avec ses collaborateurs, ne manqua pas de les houspiller :

— Hé! regardez-moi ça, si on leur pressait le nez, il en sortirait du lait, et ça ose boire comme des trous!

Gros-Yeux, épuisé, fit asseoir son copain pour reprendre son souffle.

— Son frère a perdu ses deux jambes!

Les ouvriers comprirent aussitôt.

— Si c'est pour ça que vous buvez, c'est encore plus désolant.

— Il habite où, ce garçon ? Quelqu'un le sait ?

— En face de chez moi. Son père loge ailleurs.

Un homme à bonnet de laine souleva la Taupe pour disparaître avec lui dans un passage entre les cabanes. Quand Gros-Yeux rentra chez lui, il n'y avait personne. L'alcool lui était monté à la tête. Il se laissa glisser au sol, adossé à la cloison, marmonnant : Ah oui, chapeau! c'est bien de boire comme ça, quand on n'est pas plus grand qu'un zob! Moi aussi, je vais finir par sombrer, comme Ashura, comme la Taupe ou son frère. Il s'étendit de tout son long sur la couverture, puis, une idée lui passant par la tête, il fouilla dans sa poche. Il en tira le sac noir, hésita un instant, l'ouvrit et le tint à deux mains sous son nez. Allez, pourquoi pas? Il respira profondément. Il sentit d'abord une odeur de caoutchouc et de pétrole. Tout de suite, il eut l'impression d'étouffer, de ne plus pouvoir respirer. Il écarta le sac un instant, puis inhala de nouveau. Alors, il entendit les cigales de l'été chanter à tue-tête toutes ensemble. Sa conscience s'extravasait. Il agitait les bras, palpait sa tête, tâtonnait autour de lui. Il posa la main sur quelque chose. Qu'est-ce que c'est ? Sans le vouloir, il appuya, l'écran s'alluma.

Les effets sonores éclatent dans ses oreilles. Dans l'écran devenu gigantesque, son corps se réduit subitement en même temps que retentit un *porr !* Il se voit marcher, avec un chapeau rouge sur la tête, et un pantalon soutenu par des bretelles… De chaque côté, de hauts murs en pierre synthétique ; là, devant moi, une porte. Au-delà, un monde tout différent. Dans le ciel bleu passent des nuages tout ronds. A droite et à gauche, des bois, des arbres hirsutes. Au loin, l'horizon se confond avec le ciel. A regarder plus attentivement, je m'aperçois que le ciel est peint en bleu, que les nuages sont en mousse de polyuréthane, le bois en plastique, la terre en débris de latex, le gazon en polypropylène, les gendarmes couchés, les rochers et les murs, en plastique moulé. Sur une plaine à perte de vue se dressent des gratte-ciel de béton, de verre et de métal, aussi pointus que des clochers. On dirait une ville nouvelle en plein développement. Nul être humain à part moi. Sur un parterre de fleurs et de feuilles artificielles poussent des ceps de vigne et des pommiers alourdis de raisins et de pommes en plastique. Un chien, apparemment de race sapsal couvert de poils en polyester dressés dans tous les sens, les yeux injectés de sang, s'approche en grognant. Je continue quand même d'avancer. Je me dis qu'il s'écartera, certainement. Mais il me heurte, et j'ai l'impression d'être électrocuté : je suis expulsé du centre de l'écran plein de lumière, semblable à un miroir, et sombre dans l'obscurité.

Quand la lumière revient, j'avance sur le même chemin étroit entre les murs de protection et franchis de nouveau la même porte. J'avance, je retrouve le parterre fleuri quand un chien monstrueux vient à ma rencontre. Cette fois, je rebrousse chemin, mais là, un autre monstre surgit. Une sorte de tortue, collée au sol, rampant. Je suis encerclé. Quand je frappe légèrement le sol, je saute en l'air. Si je frappe plus fort, je saute plus haut. Et quand je retombe sur la monstrueuse tortue, elle éclate comme une bulle de savon en faisant *pirik*. De nouveau, je saute pour écraser le chien, *pirik*. D'autres monstres affluent, que j'écrase les uns après les autres. Je gravis des escaliers qui flottent en l'air. Je saute et monte encore et encore, et quand je touche la petite étoile tout là-haut sur la cime, ma valeur augmente, les chiffres scintillent en caractères d'or dans le ciel. Je vole sur des digues, traverse une passerelle étroite en bois. Des monstres-chiens, des chauves-souris aux allures de mouchoirs en papier volent autour de moi. Je les fais exploser en sautant sur eux, à grands coups de pied. Maintenant que j'ai traversé le pont, je ne peux plus revenir en arrière. Je ne peux même pas marcher vite, il me faut suivre le rythme imposé par une musique pathétique. Oh! une seconde d'inattention et me voilà précipité dans un trou au milieu de la rue. Je plonge dans un monde souterrain. Le paysage, ici, est tout autre. Il y a une rivière de peinture visqueuse, des rochers artificiels et une cascade en acrylique. Partout grouillent des monstres, de petits crocodiles en forme de ballons, armés de cornes. Ils dégagent une odeur d'huile nauséabonde. Je continue de sauter et de les écraser. Voici une énorme montagne d'ordures. Puis une étendue d'huile noire visqueuse, un étang en flammes. Dans l'amoncellement de bouteilles, de chiffons, de bouts de ferraille emmêlés comme pelotes de laine, de boîtes défoncées, d'objets de toute sorte pêle-mêle, j'aperçois une corde. Je la saisis pour m'aider à grimper jusqu'au sommet du tas. Tout en haut, un monstre pareil à un énorme crocodile m'attend, la gueule béante. Je saute en lui lançant un coup de pied, et *piririk*, il tombe. Je franchis le pont, et devant moi se tient le roi des démons dont les pans de son manteau ondoient. Il crache du feu comme un dragon. Si jamais les flammes m'atteignent, je sombrerai dans l'obscurité. En prenant appui sur des rochers qui flottent dans l'air, je parviens à me hisser plus haut que lui. Je plonge et le frappe violemment à la tête une fois, deux fois, trois fois : il explose avec un bruit assourdissant, et moi, je vole avec ce qu'il me reste de force jusqu'à la coupe pour m'emparer des perles d'or. La musique tonne, le feu d'artifice éclate, mon score s'affiche tout en haut en chiffres étincelants. Je me précipite dans une grande béance ouverte au-dessus des flammes et je débouche dans un paysage tout autre que ces grottes sombres et lugubres. Une vaste plaine, maintenant, s'étend devant moi. Personne, ici, à qui je puisse m'adresser, de qui je puisse obtenir de l'aide, il me faut jouer seul. La maison, les arbres, les rochers, les rivières, tout m'est obstacle désormais. Les monstres surgissent pour me renvoyer à mon point de départ. Je ne peux pourtant pas revenir en arrière, je ne peux qu'avancer, sauter, voler, attraper, courir et combattre pour gagner des points. Avec peine, je franchis la première étape, je me trouve à nouveau devant la porte qui conduit à un château vertigineux. Le chemin sur lequel j'avance s'efface de l'écran dans mon dos, aucun retour en arrière n'est possible. Ma marche se répète à l'infini, et même lorsque j'atteins le but ultime, je me retrouve à mon point de départ. Chaque fois que je me présente à la porte du château, une voix rauque me met en garde : Mon enfant, n'entre pas : le château a belle allure, mais c'est un piège ! Je me retourne : il y a, derrière moi, le grand-père de chez les Kim. Que faites-vous ici ? Il me répond : tous ceux qui ont voulu passer par là ont échoué. Ils ont cru qu'il s'agissait d'un raccourci, mais ils doivent payer le prix fort. Comme j'ai conservé le souvenir précieux de mon rêve, je lui crie : dans votre village, j'y suis bel et bien allé ! Là-bas, est-ce donc différent d'ici ? — Bien sûr que c'est différent. Dans notre village, nous on est toujours avec vous. Nous existons parce que vous êtes là, sans vous, nous n'existerions plus. Les arbres, l'herbe, les canards, les montagnes et les rivières, tout respire et vit ensemble, vit comme toi tu vis. Alors qu'ici, tu es seul, entouré d'obstacles et de monstres hostiles. Au lieu de revenir sans cesse au point de départ, il te suffit de quitter ce jeu, tout simplement…

Est-ce lui qui l'a secoué ? Les paysages hostiles disparaissent. Il se trouve subitement dans une pièce où il y a de la lumière, la tête serrée entre ses bras, les jambes repliées sur le côté. Il a encore l'impression de glisser, de tomber.

— Hé ! grand frère, t'es malade ?

Le Pelé se tient devant lui, le jeu à la main. Gros-Yeux a du mal à articuler :

— De… l'eau…

Sa langue, sèche, est collée à son palais, les mots ne sortent pas. Il boit longuement dans le bol que le Pelé approche de ses lèvres. L'eau court sur sa langue rêche comme du carton, elle se précipite en cascade dans sa gorge en feu. Ah, merde! Harcelé par d'irrémédiables regrets, il ferme les yeux.

*

Ce jour-là, il faisait gris, le vent soufflait si fort qu'il déchira la grande bannière accrochée sur la façade du bureau de l'administration – des consignes de sécurité particulières à prendre au printemps –, et finit par l'emporter. Les camions arrivaient massivement depuis cinq heures de l'après-midi, la dernière phase de tri battait son plein. Le soleil s'attardait déjà plus longtemps qu'en hiver et, entre chien et loup, une traînée rougeoyante colorait l'horizon à l'ouest. La mère de Gros-Yeux réceptionnait les matériaux collectés par ses collaborateurs. Derrière elle, Gros-Yeux et le Pelé l'aidaient à les trier, les mettre dans des sacs ou les regrouper en tas. Quelqu'un se plaignait :

— La Collective, ils sont quand même gonflés, ils prennent presque toute la place, les camions qui viennent décharger chez nous peuvent même plus faire demi-tour.

— Hier, répondit la mère de Gros-Yeux, les chefs de la Centrale de recyclage en ont parlé à la Collective. Ils ont dit qu'ils prendraient des mesures pour régler le problème.

Un autre riposta, en déposant ce qu'il apportait :

— Régler le problème? Regardez donc là-bas, les bidons qu'ils ont déchargés hier sont toujours là. Une partie des ordures a été enfouie par la pelleteuse, et ce qui a été apporté aujourd'hui traîne encore.

— Tout ça, c'est à incinérer, y a rien à collecter. Ici, c'est un dépotoir d'ordures ménagères. Les choses comme ça, il faut les rassembler et les traiter à part… A la Collective, ils ont dû toucher un dessous-de-table de quelqu'un.

— J'ai compris, dit la mère, si cela n'est pas réglé demain, j'en reparlerai avec les autres chefs.

Après avoir calmé ses collaborateurs, la mère de Gros-Yeux alla voir le dépotoir. Il est vrai que la super-ficie utile était réduite à cause de ce qui s'accumulait là, mais plusieurs dizaines de camions pouvaient encore stationner. La plainte, toutefois, n'était pas tout à fait infondée. Bien que l'île fût immense, ceux de la Collective avaient creusé un immense trou à proximité du passage où entraient les camions pour enfouir les déchets non récupérables. Ils disaient que si on les contraignait à opérer plus loin, les conducteurs des gros engins demanderaient plus d'argent.

Ce jour-là, tout s'était passé comme à l'ordinaire, sans problème particulier. Peu après dix-huit heures, dans la partie qui traitait des ordures des arrondisse-ments est de la ville, il y eut une violente explosion suivie d'un incendie. Après la fonte des glaces, le radoucissement des températures avait favorisé la fermentation des ordures entassées en un nombre considérable de strates, lesquelles étaient maintenant saturées de gaz. Le feu courait à la surface de la décharge, se répandant dans tous les sens, provoquant de nouvelles explosions. Comme les ouvriers venaient de se retirer, il n'y eut ni blessé ni brûlé, mais il fallait maîtriser l'incendie. On contacta le bureau de l'ad-ministration pour appeler un camion de pompiers du district et deux autres de la ville en renfort. Au bout d'une demi-heure, le sinistre était sous contrôle. Mais ce n'était que le début.

Gros-Yeux et le Pelé étaient déjà rentrés. La mère les rejoignit vers vingt heures après en avoir fini avec les rangements de fin de journée et pris part à une réunion avec les chefs. Ils étaient, comme d'habitude à cette heure-là, en train de manger quand une détonation au souffle puissant retentit, accompagnée d'un éclair qui illumina la porte en plastique. Gros-Yeux et le Pelé se précipitèrent dehors. Ils virent une gigantesque flamme en plein milieu du village de cabanes. Des boules de feu projetées dans le ciel au-dessus de la décharge retombaient sur les toits comme des obus. Très vite, l'incendie se propagea d'une cabane à l'autre.

— Maman, le feu!

La mère eut le réflexe de saisir des couvertures, qu'elle donna aux deux garçons. Tous trois dévalèrent la pente en direction du bureau de l'administration. Ils virent à distance le dépotoir en proie aux flammes. D'énormes volutes de fumée blanche s'élevaient dans le ciel. Ils regrettèrent de n'avoir pas songé à prendre leur équipement, leur masque à gaz notamment. Sans cesse de nouvelles déflagrations survenaient, envoyant des débris dans le ciel qui retombaient comme de la grêle. La mère courait devant, sa couverture sur la tête, le dos courbé. Gros-Yeux, également couvert, galopait en retenant son souffle, regardant droit devant lui. Une odeur âcre de gaz et de fumées toxiques empestait l'atmosphère. Parti à leur suite avec sa couverture, le Pelé jeta un coup d'œil en arrière, puis se mit à courir dans la direction opposée. Il voulait sans doute aller récupérer son Super Mario. Il disparut dans l'épaisse fumée. Des flammes jaillissaient de toute part.

La mère et Gros-Yeux couraient aussi vite, aussi loin qu'il leur était possible. Les gens s'étaient précipités, souvent sans chaussures et les mains vides. Le feu gagnait partout. Les cabanes du village, taudis de plastique, de polystyrène et de carton, étaient une proie facile. Elles s'enflammaient comme du papier chiffon, se rabougrissaient et s'effondraient. La chaleur accélérait le dégagement de méthane dans le mille-feuille de matières putrescibles. Lorsqu'elle touchait les bidons de déchets industriels inflammables, la fournaise provoquait d'assourdissantes déflagrations qui les propulsaient en l'air. Certains d'entre eux furent retrouvés plus tard au milieu du fleuve ou aux extrémités de l'Ile aux Fleurs, complètement broyés. Désemparés, fuyant les débris enflammés qui pleuvaient sur eux en averse, cernés par le gaz, les gens, lorsqu'ils ne s'affaissaient pas sans savoir où aller, se ruaient vers le bureau de l'administration qui, par chance, était couvert d'un toit de tôle, et vers l'église. Douze mille cabanes brûlèrent en quelques instants, dégageant une chaleur et une quantité de gaz plus grandes encore que le dépotoir lui-même. Equipés de porte-voix portatifs, les responsables du bureau de l'administration lançaient des appels :

« Réfugiez-vous par vos propres moyens au-delà de la petite rivière. Ici, il y a beaucoup de gaz toxique et de matières inflammables, c'est dangereux, ne restez pas là ! »

Gros-Yeux et sa mère s'appelaient en criant pour tenter de se retrouver dans la fumée. Tant de gens se ruaient devant le bureau qu'ils avaient beaucoup de mal à ne pas se perdre de vue. Ils toussaient, les yeux irrités, en larmes, ils se cherchaient les uns les autres.

— Jeongho, Yongkil !

Entendant la voix de la mère, Gros-Yeux reconnut la couverture familière. Ils s'enlacèrent comme s'ils venaient de se retrouver sur un champ de bataille.

— Où est passé ton frère ?

— Je l'ai pas vu, répondit son fils en regardant autour de lui. Il a dû aller chez la maman de la Maigrichonne.

Ils passèrent devant la boutique, puis ils prirent la direction des champs, Gros-Yeux poussant sa mère devant lui. La maison de la maman de la Maigrichonne était située au nord-ouest de l'île. Les champs, les chemins sur la colline qui menaient à leur QG depuis le village, et que Gros-Yeux et le Pelé avaient l'habitude de parcourir ensemble, étaient eux aussi la proie des flammes qu'un vent violent poussait jusque-là. Tenant bon malgré la fumée, ils arrivèrent dans les parages de chez la Maigrichonne. De loin, ils entendirent les chiens aboyer.

— Mais où est-on ? demanda, inquiète, la mère, toujours cachée sous sa couverture.

— Chez le papy du bric-à-brac, le ferrailleur.

— J'avais entendu dire qu'il habitait par là, mais c'est drôle, ici on dirait un autre monde.

L'homme vint à leur rencontre, il semblait même les attendre.

— Vous êtes là ?

— Qu'est-ce qui se passe ? Des incendies, j'en ai vu, mais comme celui-là, jamais !

— Et votre fille, elle va mieux, elle est guérie ? demanda Gros-Yeux.

L'homme baissa la voix :

— Elle dort comme une morte. Si elle voyait le feu, elle se précipiterait… Mais… qu'est-ce que tu as fait de ton frère ?

— On est partis ensemble, on l'a perdu en route. Je pensais le trouver ici…

— Attendons un peu, s'il ne vous retrouve pas, il viendra certainement ici.

Ensemble, ils regardaient les flammes. Elles s'élevaient encore plus haut, se rapprochaient. Le feu avait déjà dévoré tout le couvert de la colline, il s'étendait maintenant en direction des champs de miscanthus.

— Venez, entrez, proposa le ferrailleur.

— On vous dérange ?

— On a une pièce de disponible, vous pourrez vous y installer tous les trois.

Ils eurent beau s'efforcer d'être discrets, même de retenir leur souffle, rien n'y fit, les chiens aboyaient, geignaient. Quand Gros-Yeux souleva la Maigrichonne, les autres enfin se calmèrent. La maman de la Maigrichonne, alertée mais mal réveillée, demanda :

— Papa, y a quelqu'un ?

— Non, ne t'en fais pas, dors.

Des sirènes retentissaient au loin. Les pompiers de la ville, venus en renfort, arrivaient enfin. Accroupie dans un angle de la pièce, la mère leva la tête :

— Tu veux bien essayer d'aller retrouver ton frère ? demanda-t-elle à son fils.

Il y songeait, justement. Il prit la direction du bureau de l'administration, avec, à sa gauche, la petite rivière, à sa droite les collines et les champs et, au-delà, le fleuve. Le feu dévorait les herbes sèches et les arbres, la fumée montait dans le ciel et s'étendait comme une nappe nuageuse au-dessus de la zone des cabanes. La décharge flambait encore, rougeoyante. Devant le bureau de l'administration enfumé stationnaient en grand nombre cars de police et fourgons de pompiers. Les soldats du feu se déployaient devant la décharge. Equipés de masques et de gants, les chefs de la concession municipale et ceux de la concession des indépendants apportaient leur aide. Quelqu'un demanda à Gros-Yeux tandis qu'il se frayait un chemin parmi eux :

— Mais qu'est-ce que tu fais là ?

C'était le chef au casque.

— Vous n'avez pas vu mon frère ? cria Gros-Yeux.

— Il n'y a plus personne par là. Ta mère, elle est où ?

— Chez le ferrailleur.

Le chef poussa Gros-Yeux dans le dos en lui enjoignant de quitter les lieux. Il ajouta :

— Là-bas, c'est bien, la maison ne risque rien. La plupart des gens se sont réfugiés dans le village de la petite rivière.

Se disant que le Pelé les avait sans doute suivis, Gros-Yeux rentra seul chez la Maigrichonne. Malgré l'inquiétude qui leur rongeait le cœur, la mère et son fils s'endormirent tant leur fatigue était grande. Gros-Yeux fut réveillé le premier en plein milieu de la nuit. Les chiens à l'intérieur de la maison mais aussi ceux de la serre aboyaient furieusement. Une lumière venant de l'extérieur illuminait les fenêtres. Quelqu'un ouvrit la porte avec fracas. Gros-Yeux courut jusqu'au *maru*. La Maigrichonne aboyait dans la cour. Les autres chiens jappaient aussi, regroupés sur l'extrémité du *maru*. Le ciel rougeoyait encore. La mère vint rejoindre son fils tandis que leur hôte, mal réveillé, allumait le séjour.

— Ah ! celle-ci ! elle est encore sortie…

Il se chaussa, Gros-Yeux l'imita et le suivit. Dès qu'ils furent dehors, ils comprirent pourquoi les chiens de la serre aboyaient si férocement. Le feu semblait s'être étendu jusqu'à la gorge de la petite rivière. Les miscanthus touffus de l'Ile aux Fleurs brûlaient. Rapportant la Maigrichonne sur le *maru*, l'homme dit à la mère de Gros-Yeux :

— Restez à la maison, gardez bien la porte fermée.

Il se lança en direction de la gorge au pas de course, suivi de Gros-Yeux. Ils traversèrent l'aire de désossage de l'électroménager réformé. Le feu faisait rage à peu de distance. Devant eux, il y avait toute une friche de miscanthus géants et des champs couverts d'herbes sèches. Avant de s'avancer plus loin, l'homme ordonna à Gros-Yeux :

— Toi, tu restes là.

Déjà, s'étant couvert la tête de sa chemise, il avait disparu dans les fourrés. Gros-Yeux voyait le feu se propager à grande vitesse. Effrayé, il reculait. Au bout d'un moment, il vit réapparaître l'homme portant sa fille sur son dos, inerte, sans connaissances. Par de grands gestes, il écartait la fumée venant des miscanthus en flammes. Il parvint, d'un pas incertain, à regagner la cour de sa maison :

— Hé ! hé ! reviens à toi, hé !… Toi, apporte de l'eau.

Il tapotait les joues de sa fille tout en lui parlant. Au moment où Gros-Yeux revenait avec un verre d'eau, la femme se leva d'un bond, battant l'air des bras, tandis que son père tentait de la retenir par la taille. Elle criait :

— Vous êtes ignobles ! Croyez-vous être seuls à vivre ici ? Vous les hommes, vous pouvez bien tous disparaître, la nature continuera d'exister, elle !

— Oui, ma fille, j'ai compris, c'est moi qui ai tort.

Il essayait de la faire asseoir en faisant pression sur ses épaules tandis qu'elle divaguait. Il y parvint avec beaucoup de peine, essoufflé, grâce à l'aide que lui apportait Gros-Yeux. Elle tentait de se soustraire de leur prise en se tortillant dans tous les sens.

— Hé! vous croyez donc qu'il n'y a que vous qui vivez ici?

Tout comme ceux de l'intérieur, les chiens de la serre jappaient en entendant la voix de leur maîtresse. Sous les yeux effarés de la mère de Gros-Yeux, la femme essaya une nouvelle fois d'échapper à l'étreinte de son père et de Gros-Yeux en s'agitant violemment, mais, à bout de forces, elle se laissa retomber, inerte.

L'île brûla encore cinq jours durant. Des flammes s'élevaient toujours par endroits, le vent porta l'odeur de brûlé et les fumées toxiques, dans un premier temps, jusqu'à la frange ouest de la ville, puis jusqu'au cœur de la cité, dans ces quartiers d'où provenaient les ordures. Le fleuve servant de couloir, la fumée se répandit absolument partout. Dans certains quartiers, il fallut évacuer les habitants, vider les hôpitaux. Au bureau, les employés se plaignaient de maux de tête. Au plus fort de l'incendie, dix autres camions de pompiers furent envoyés en renfort, mais la zone était si vaste et les produits chimiques entreposés, en quantité si énorme que l'eau des lances à incendie était de peu d'effet. Le quatrième jour, les employés du site, remis de la grande confusion des premiers moments, s'organisèrent pour étendre un tapis de terre avec l'aide des éboueurs de la ville. Puis les bulldozers circonscrivirent les secteurs qui brûlaient encore pour maîtriser progressivement l'incendie.

Le corps du Pelé fut retrouvé deux jours plus tard, quand les flammes n'eurent plus rien à dévorer. Au cours de l'opération de nettoyage du village de cabanes, les employés avaient découvert plusieurs dizaines de corps, des adultes et des enfants. Le jeune garçon gisait sous sa couverture carbonisée, d'où dépassaient ses deux pieds. Tandis qu'on procédait à l'identification des victimes, Gros-Yeux constata que le corps était intact. Il avait dû mourir asphyxié. La mère versa toutes les larmes de son corps sans se cacher. Se laisser aller à pleurer ainsi devant les autres ne lui était pas arrivé depuis des années. Certains corps étaient à moitié calcinés. Comme ils étaient tous pauvres, les parents des victimes, suivant le conseil du bureau de l'administration, les firent incinérer. On répandit leurs cendres sur le fleuve et sur les champs en bordure de l'Ile aux Fleurs. Gros-Yeux récupéra la vieille casquette noire de son ami, déchirée et raccommodée en plusieurs endroits. Le Pelé avait beau avoir une casquette neuve, il n'avait jamais voulu se défaire de cette vieillerie.

Bien que la ville continuât à produire des ordures, les employés de la décharge avaient perdu leur hébergement, il n'y avait plus rien à recycler, plus rien pour construire de nouvelles cabanes. Beaucoup parmi eux soignaient des brûlures, et, malgré une apparence normale, plus de la moitié d'entre eux souffraient de traumatismes. Il n'y avait rien à repêcher dans le site complètement carbonisé. Avec le temps, ils pourraient sans doute se reconstituer une petite batterie d'ustensiles de cuisine. La mère ne disait rien, mais l'argent enfoui sous le linoléum avait dû brûler lui aussi. Le polystyrène et le plastique avaient fondu dans la fournaise en un bloc homogène noir. Cependant, les camions poubelles arrivaient tous les jours, on dressa plusieurs dizaines de tentes, et le travail reprit. La mère se maintint à coups de médicaments, les employés se partageaient des comprimés contre les maux de tête.

Après le travail, cet après-midi-là, franchissant la colline désolée, Gros-Yeux se rendit seul au QG. Le petit mur de ciment était noir de suie. Le toit s'était effondré, les magazines qu'ils avaient cachés, les jouets en plastique, le bureau, les sacs de couchage, tout avait fondu ou brûlé, tout était méconnaissable. Il s'en fut à la maison de la Maigrichonne en traversant ce qui avait été des champs de miscanthus ; des arbres, il ne restait que le tronc et des branches calcinés. Apercevant Gros-Yeux de loin, le papy du bric-à-brac, dans sa cour, l'attendit, immobile, anéanti.

— J'ai appris la nouvelle. Pauvre enfant…

Il posa les mains sur les épaules de l'adolescent, lequel tourna la tête pour refouler cette boule dans la gorge qui l'empêchait de respirer. Tous deux restèrent ainsi un bon moment.

— Il paraît que la ville va faire construire des logements préfabriqués.

Gros-Yeux leva les yeux vers la maison :

— Moi, j'aime mieux ici.

— On a de la place, vous pouvez vous installer chez nous.

— Où est-elle ? demanda Gros-Yeux en regardant à l'intérieur.

— Elle dort sans doute dans la chambre, murmura le vieil homme, les yeux fixés au sol. Elle ne mange plus depuis des jours, elle se contente de boire. Il va falloir que je l'emmène à l'hôpital.

Prenant la main de Gros-Yeux, il ajouta :

— Ce que tu m'as donné l'autre jour, ce sera l'occasion de l'utiliser.

Une chanson lente se fit entendre. Ils tournèrent leur regard vers la porte. La maman de la Maigrichonne parut sur le seuil. La mélodie était tantôt celle du chant traditionnel *Arirang*, tantôt celle des *Larmes du port de*

Mokpo, mais en prêtant l'oreille, ils se rendirent compte que les paroles étaient de son cru :

Que faire ? Que faire ?
Je ne peux ni vivre ni mourir.
Que faire de mes enfants ?
Je ne peux ni rester ni partir.

Elle se mouvait en fléchissant légèrement les genoux à chacun de ses pas, donnant l'impression de flotter au-dessus du sol. Son père se contentait de la regarder de loin, une cigarette à la bouche. Gros-Yeux prit place derrière elle, comme avait l'habitude de le faire le Pelé, en signe de respect. Quand il la vit prendre la direction de la gorge, le vieil homme s'approcha de l'adolescent pour le retenir par le bras.

— N'y va pas, si jamais il vous arrivait quelque chose ?

— Ça ira, ne vous en faites pas.

Gros-Yeux la suivit. Elle marchait, sans forces, flanchant parfois et se ressaisissant. Ils entrèrent dans les champs calcinés. Leurs chevilles se couvrirent de cendres. Au pavillon de la chamane, un spectacle sinistre s'offrit à leurs yeux : les piliers étaient noirs, le toit penchait dangereusement, la moitié des tuiles gisait à terre, brisée, et le vieux saule en bordure du champ de miscanthus avait flambé : il était calciné de la base du tronc jusqu'à l'extrémité des branches. La femme caressait l'arbre des deux mains en murmurant :

Que faire ? Que faire ?
Je ne peux ni vivre ni mourir.
Que faire de mes enfants ?
Je ne peux ni rester ni partir.

A genoux dans les cendres, elle balaya le sol à mains nues sous le vieil arbre, soulevant la poussière qui souillait ses doigts et sa jupe. Elle se passa les mains sur les joues, se maculant le visage de cendres. Regardant autour d'elle, elle se glissa sous les branches squelettiques et s'avança, suivie de Gros-Yeux, dans ce qui fut un champ de miscanthus touffus, maintenant une lande désolée. A quelques pas, se trouvait une vieille fontaine asséchée dont le fond était tapissé de gros galets. Les pierres de la margelle gisaient en un tas informe sur le sable. La femme demeura là, immobile, l'air absente. En se glissant de côté pour mieux voir le fond, le garçon découvrit divers objets alignés, mystérieusement rangés là. La femme retrouva assez d'énergie pour descendre dans le bassin et récupérer ces objets qu'elle déposa aux pieds de Gros-Yeux : un pilon de bois fendu, un balai de tiges de sorgho aux extrémités usées, une chaussure de caoutchouc d'homme au talon élimé, une autre de femme, une épingle à cheveux d'argent oxydé, un vieux bouton en corne de buffle, une pipe cassée, un peigne en partie édenté, un dé en tissu décousu, une hache au manche de chêne poli par l'usage, un dévidoir de fil en bois dépourvu de sa laque, un vieux tisonnier, une louche ébréchée, une jolie petite toupie… certaines choses à moitié brûlées, d'autres encore présentables. Sortie de la fontaine et prenant dans ses bras une partie de ces objets, la femme revint au pavillon de la chamane. Tout en se demandant ce qui se passerait ensuite, le jeune garçon l'imita. Il lui fallut faire plusieurs navettes tant les objets récupérés étaient nombreux. La femme regarda sous le plancher du pavillon, lequel, bien que noir de suie, avait conservé sa forme et sa solidité.

« Ne vous en allez pas, vous vivrez avec nous, ne nous séparons pas. »

Elle poussa sous le parquet les objets que le garçon lui faisait passer l'un après l'autre. Elle les disposait soigneusement, de sorte qu'ils ne se chevauchent pas. Comme pour leur permettre de reposer en paix. Gros-Yeux lui demanda tout naturellement :

— Pourquoi vous prenez tant soin de ces choses-là ?

— Parce que je m'y suis attachée.

— Alors, et tout ce qui dort dans le dépotoir ?

Tournant son visage noir de suie :

— Ce ne sont pas des objets auxquels les hommes étaient attachés ! dit-elle froidement.

Le rangement terminé, les doigts tout noirs, Gros-Yeux avait l'impression d'avoir aidé une voisine à déménager. Il se dit que, le lendemain, il apporterait ici la vieille casquette du Pelé. Elle avait perdu son maître, elle le regrettait.

*

Le printemps arriva avec sa brise habituelle. Un mois et demi plus tard, une cinquantaine d'unités de logements préfabriqués étaient construits. Chaque unité comportait vingt-six studios de douze à quinze mètres carrés, disposant de douches communes provisoires. Le père de Gros-Yeux ne revint jamais du camp de rééducation où on l'avait incarcéré pour en faire un « homme droit ». Ashura envoya une lettre où il expliquait qu'il travaillait dans le service d'entretien de la prison. Après l'incendie qui avait ravagé la décharge, les symptômes de la maman de la Maigrichonne s'étaient aggravés. Elle allait errer en se dandinant bizarrement non seulement

181

sur les aires de tri mais aussi, parfois, en ville. A la demande du bureau de l'administration, on l'emmena de force à l'hôpital où on la garda toute une année. Gros-Yeux se demandait si tous ces gens, son père, Ashura, la folle, pourraient jamais revenir, recyclés en êtres nouveaux, aseptisés. Sa mère caressait l'espoir de l'envoyer à l'école.

Tous les soirs après le travail, Gros-Yeux allait chez la Maigrichonne avec des aliments récupérés dans la décharge. Le ferrailleur continuait, lui aussi, d'apporter les restes cédés par les restaurants, mais les chiens prirent l'habitude d'attendre leur jeune bienfaiteur. Ils le reconnaissaient de loin, ils geignaient, haletaient et, quand il entrait, ils sautaient, faisaient un vacarme de tous les diables pour qu'il les prenne dans ses bras.

Ce soir-là, après être allé donner à manger aux chiens, Gros-Yeux s'en retourna au QG comme à son habitude. La pluie printanière avait couvert les champs d'une boue noire. Assis sur la margelle de béton, le jeune garçon contemplait le coucher du soleil sur le fleuve. Tandis que, lentement, l'obscurité descendait, une ombre vint s'asseoir à côté de lui. Il se tourna vers elle. Avec sur la tête, penchée sur le côté, sa casquette de baseball déchirée, le Pelé était là, regardant lui aussi le soleil se coucher. Il portait une combinaison pour adultes aux manches retroussées plusieurs fois. Quand son aîné voulut lui parler, l'enfant dit tout bas en montrant du doigt un endroit au loin :

— Là-bas…

Gros-Yeux aperçut de petites lueurs qui se déplaçaient dans l'obscurité le long de la berge, au bas de la colline. Il retenait son souffle, fasciné par les phosphorescences bleues qui se mouvaient comme en glissant, s'arrêtaient parfois, puis flottaient encore. Quand il tourna de nouveau la tête pour s'adresser à son ami, le Pelé était déjà à une certaine distance. L'ombre se volatilisa comme éclate une bulle, réduite soudain à un point lumineux qui descendait vers la berge en flottant. Gros-Yeux se sentit désolé sans savoir pourquoi, il lui sembla qu'il ne pourrait plus se présenter devant eux, comme s'il leur avait fait une méchanceté.

POSTFACE

Toutes les choses de notre vie décrit le quotidien peu enviable des ouvriers travaillant au tri des ordures dans l'immense décharge publique de Nanjido à l'ouest de Séoul. C'est là que, pendant quinze ans, de 1978, année de sa création, à 1993, date de sa fermeture, la mégapole a déversé la quasi-totalité de ce qu'elle rejetait chaque jour, ordures ménagères, plastique, ferraille, etc., érigeant, sur quatre kilomètres le long de la rive droite du Han, une montagne d'ordures de cent mètres de hauteur.

Par la peinture, ô combien réaliste, que le romancier donne de cette décharge, le lecteur apprend tout de la dure vie de ceux qui ont usé leur santé sur ce chantier. Il découvre l'organisation du travail, la hiérarchie qui s'instaure au sein des équipes et entre les équipes, les salaires de misère, la pestilence dans laquelle vivent ces nouveaux « intouchables », rejetés par le reste de la société ; il découvre les conflits, la violence et l'entraide qui font de leur groupe une société ; et surtout, la grande pauvreté de ces laissés-pour-compte du développement industriel et économique, conduit à marche forcée le long des avenues du capitalisme.

Il apprend encore que ce lieu, avant de devenir un dépotoir, était une île fleurie, comme le dit son nom ; que des paysans y cultivaient céréales et arachide et qu'ils en ont été chassés pour faire droit à de prétendus projets d'urbanisme. Il assiste aussi à des cérémonies chamaniques dont il acceptera volontiers le mystère parce qu'il sait le chamanisme encore très vivant en Corée ; à d'autres rites, plus nouveaux ceux-là : les œuvres de charité (et de prosélytisme) des dames patronnesses des églises évangéliques s'achetant une bonne conscience en faisant don de nouilles instantanées aux enfants pouilleux, sans oublier la photographie qui immortalisera leur bonté.

Il pourra voir, enfin, dans la description de la décharge au premier plan et, au loin, l'évocation de la ville brillant de tous ses feux, la métaphore du développement du pays, présentée du point de vue de ceux qui en bénéficièrent le moins.

Cette lecture que fera sans difficulté le lecteur étranger laisse toutefois dans l'ombre des faits et des allusions qui, entretissés, dessinent une autre strate de signification, laquelle n'échappe pas au lecteur coréen. Ce réseau d'allusions ne change pas fondamentalement le sens du roman – la dénonciation d'une violence d'Etat exercée à l'encontre de toute une frange de la société –, mais le renforce en l'inscrivant clairement dans l'histoire de l'époque.

Parmi ces allusions qui ne laissent d'évoquer des choses très précises dans l'esprit du lecteur coréen, citons par exemple le « camp de rééducation » où est envoyé le père du jeune protagoniste. Que sont ces camps « dont l'objectif était de faire des hommes nouveaux » ? Notre Occident borgne a rarement voulu voir que la dictature enfreignait allègrement les droits de l'homme. Elle s'était pourtant, tout comme les autres dictatures, dotée de camps pour neutraliser, voire éliminer, les « parias » et les opposants. Il s'agit bien là de ces camps, qu'ailleurs on a appelés goulags, et dont beaucoup « d'hommes nouveaux » ne revinrent jamais.

Mentionnons aussi cette scène pittoresque et finement ironique où l'on voit les évangélistes à l'œuvre. Ce prosélytisme-là, fortement encouragé par l'Etat, avait pour mission, en répandant la parole de l'Evangile, de soustraire les pauvres à la tentation socialiste – et Dieu sait s'ils avaient des raisons d'être tentés ! –, les églises protestantes étant devenues les hauts lieux de la propagande anticommuniste.

Invoquons encore ce fantôme qui porte « une casquette aux couleurs du mouvement Saemaeul ». Tout Coréen sait que la campagne Saemaeul, c'est-à-dire « Nouveau Village », est un mouvement lancé par le général Park Chung-hee en 1970 dans le but de moderniser l'agriculture et les conditions de vie dans les campagnes – mouvement qui a contraint les paysans à s'endetter lourdement. Ce n'est pas sans ironie, bien sûr, que le romancier a choisi le fantôme d'un paysan exproprié pour arborer cet insigne.

Pour mystérieuses qu'elles paraîtront aux yeux des lecteurs étrangers, les lueurs bleues que ne voient que les êtres au cœur pur – les enfants et la chamane –, existent bel et bien, du moins dans l'imaginaire coréen. Ce sont des *tokebi*, gnomes sympathiques dupliquant les êtres vivants ou ayant vécu, et toujours bienveillants à leur égard. Ils représentent ici ceux qui ont jadis vécu sur les terres de l'Île aux Fleurs, dont ils ont été chassés par le « développement », et où s'entassent aujourd'hui les déchets de la production massive du capitalisme. Les objets d'un autre temps – épingle à cheveux, pipe cassée, vieux tisonnier, etc. – que recueille la chamane, sont leurs anciennes possessions, « les choses de leur vie », celles auxquelles ils étaient attachés et dont la valeur provient de cet attachement. Par opposition à ces choses impersonnelles et sans valeur de la production industrielle que rejette la ville et qui s'entassent dans la décharge.

Roman de la mémoire, *Toutes les choses de notre vie* est aussi un roman écologique et politique. Politique, en ce sens que, en faisant revivre un chapitre douloureux d'une époque pas si lointaine, Hwang Sok-yong entreprend de contrebalancer la campagne de réhabilitation de la dictature menée depuis plusieurs années par les autorités. Roman écologique aussi, où l'écrivain affiche le lourd tribut imposé à nos sociétés par le « développement ». C'est d'ailleurs à la vue des images de la catastrophe de Fukushima que l'auteur a eu l'idée de ce roman : notamment en voyant les choses, précieuses à leurs yeux, que les habitants de la zone sinistrée ont dû abandonner en partant de chez eux.

Nanjido, cette Île aux Fleurs où l'écrivain, bien avant l'arrivée des camions et des bulldozers, allait jouer dans son enfance (il habitait sur l'autre rive du fleuve), était connue pour sa beauté, prisée des peintres, des poètes et des oiseaux migrateurs. Elle n'est plus, aujourd'hui, une île, mais une immense colline en forme de tombe, reconvertie en parc arboré où les familles aiment à déambuler les dimanches ensoleillés.

LES TRADUCTEURS

Achevé d'imprimer
sur les presses de
Horizon Groupe
Parc d'activités de la plaine de Jouques
200, avenue de Coulin
13420 Gémenos

Dépôt légal : mars 2016